LES PORTES DES 4 VENTS

EAN: 9782954581316

© Éditions Claudio Candido

Imprimé par CreateSpace,

une société du groupe Amazon.com

Disponible aussi en Édition numérique.

editionsclaudiocandido@gmail.com

Louis Boël

LES PORTES DES QUATRE VENTS

Une aventure de Pit Verdomme

EDITIONS CLAUDIO CANDIDO
Collection ITINÉRAIRES NOMADES

VENT du SUD

Statuette Congolaise en os (Kivu ou Rwanda?)

- I - Dj'm'na

Pit Verdomme fut réveillé sur la bar'za par la touffeur du soleil. Il réalisa avec un plaisir sensuel qu'il avait passé la nuit dehors sur la chaise longue en rotin, simplement couvert d'un voile de coton qui, par ailleurs, l'avait mal protégé des moustiques. Il avait dû s'endormir peu après le départ du dernier invité, probablement après avoir deviné, avec une certaine émotion, les premières lueurs de l'aube.

Le soleil était maintenant bien haut et la savane crissait de chaleur tandis que la galerie forestière, dans la vallée, restait sombre et silencieuse. Le grand étang vibrait de luminescence et, de temps en temps, un petit poisson plat sautait hors de l'eau et y retombait avec un claquement étouffé.

Au loin, Pit entendait des tam-tams. Une fête de deuil probablement. Les femmes devaient être en train de danser en cercle, suivant un rythme lent et ondulé, en soulevant en cadence leurs lourdes poitrines comme gonflées de chagrin. Plus tard, bien plus tard, le rythme allait s'accélérer et elles entreraient en une transe débridée, pleines de sueur et de cris, pour finir par se rouler dans la poussière en s'en frottant tout le corps comme pour s'y incruster, comme pour pénétrer la terre en une union frustrée avec le défunt.

Ces images primitives, toutes remplies de sensualité, ramenèrent l'imagination de Pit à la soirée de la veille. Pour autant qu'il s'en souvienne, chacun s'était bien amusé. Depuis que Tina l'avait quitté, Pit aimait soigner l'organisation des soirées sur la ferme piscicole. Le prince du lieu était seul maintenant, mais avec tous ses amis et amies, réunis en pleine brousse pour une bonne partie de la nuit, il se sentait entouré. Et puis, tenu à la dignité par son rôle d'hôte, il en sortait nettement plus frais que d'une sortie nocturne à Brazzaville. Il se souvient d'une conversation, hier soir, avec Sami, le médecin canadien. Une fois encore ils avaient reconstruit le monde, tous les mauvais bureaucrates et les experts internationaux incapables furent passés par les armes. Dans six mois, le pays entier peut être développé (juste ce qu'il faut) et heureux. Un vrai paradis.

Lioumba avait rapporté un peu d'herbe de derrière la frontière. Les diamants bruts avaient l'air faux dans leur bouteille d'un litre de bière et Pit n'avait pas osé les acheter. Mais il avait pris l'herbe et gardé, pour ses invités, des airs mystérieux quant à son origine.

Un bruit de moteur sort Pit de sa rêverie. Des pneus crissent dans la latérite. Une voiture klaxonne dans l'allée, derrière la maison. Satan, le Groenendael, pointe les oreilles et tend le museau, les babines curieuses. Il bondit au-dessus du muret de la terrasse en une courbe noire et féline. Il n'aboie pas, ce doit être un habitué. Pit se lève lentement, encore un peu cotonneux dans sa gueule de bois, se drape noblement dans le grand voile brun et or et va à la rencontre du visiteur.

- Brigitte! Quelle bonne surprise.

- Salut! Comment ça, une surprise ? Serais-tu rancunier ? Je t'avais dit que j'essaierais de venir. J'arrive un peu tard, c'est tout.

- Mmh…

Il acquiesce, mais ne peut s'empêcher de détailler Brigitte tant il a du plaisir à la voir. Elle est si brune. Cheveux courts, en casque, elle lui rappelle très fort les vieilles photos de Louise Brooks. Même figure à la fois un peu enfantine comme une poupée malicieuse, et en même temps terriblement excitante avec ses yeux en amandes et sa peau très mate.

- Comment s'est passée cette soirée ? J'ai seulement rencontré Mina, ce matin, et elle prétend que ce fut grandiose. Elle est intarissable sur le décor, tes talents de chef méchoui, la qualité de la musique, ton … (comment a-t-elle dit?), oui : *ton incroyable don de recréer en pleine brousse la décadence des fêtes baroques des petits marquis*! Excusez du peu. Quel lyrisme ! Que lui as-tu fait ?

- Mmh …? C'était pas mal. Je n'étais pas vraiment conscient de la bouffe et des musiciens, mais tout semblait en place, c'est vrai.

- Tu as sûrement séduit encore une fois la moitié de tes vipères ?

- Mm… Non, pas vraiment concerné. Serais-tu jalouse? Tu aurais dû venir, il ne tenait qu'à toi.

- Tu sais bien que j'aurais aimé venir. Mais ce vernissage à la maison de la culture, petits-fours et ministres, et patati et patata … quand j'en suis sortie, j'étais vannée.

- Et notre artiste était content?

- ... Oui, bien sûr, pour Claude c'est un pas sur la route de la reconnaissance. Mais au point de vue peinture, tu sais bien qu'il est déjà ailleurs. Cette expo, c'était presque exclusivement sa période pointillisme végétal et solaire. Pour lui c'est déjà le passé, d'ailleurs il en parle déjà comme de son époque "École de peinture de Poto-Poto",

- Bon ! Je ne sais pas encore si je te pardonne, mais j'ai une folle envie d'une promenade à l'ombre et d'un bain près des cataractes. Avec toi, bien sûr. Sinon, je vais faire la sieste, seul... À moins que tu choisisses la sieste?

Elle sourit, mutine et prétendument offusquée:

- Écoute, Pit : je suis arrivée jeudi à Brazza. Tu es un ami de mon frère, nous avons dansé deux fois ensemble à la soirée de l'ambassade, et tu m'as aidée vingt minutes à préparer le pique-nique avec Boutros. Le compte y est, et ça ne te donne pas encore le droit de cuissage.

Il répondit avec une emphase théâtrale :

- Ma petite, j'ai tous les droits : tu es entrée sur mon domaine de ton plein gré. Sache qu'ici je suis le maître absolu. Je dis à Satan "Attaque!" et il te dévore. Comment peux-tu seulement imaginer que je n'aie pas le droit de cuissage sur tout ce qui porte jupon et franchit la barrière ? D'ailleurs, chère enfant, tu apprendras peut-être que dans le cas présent ce n'est pas moi qui ai ce pouvoir, c'est le lieu lui-même!

Il lui mit la main sur l'épaule et lui montra le décor d'un ample geste du bras. La tunique fauve faisait de ce geste quelque chose de prétorien.

- Regarde : tout cela n'est qu'érotisme. À la fois paix, à travers les équilibres dévorants de la loi de la jungle, et érotisme. C'est la grandeur de la nature, sa cohérence suprême…

- Dis, j'ai faim …Il y a des restes ?

- Haah…, esprit de peu de foi ! Femme engoncée dans le terre à terre... Terre ?...terre… *earth-mother* !... Tu as raison, nourrissons-nous!

Toujours pris dans son jeu, Pit claque des mains:

- Maurice !

Le jeune garçon pousse la tête par la fenêtre de la cuisine, avec des grands yeux rieurs.

- Maurice, sers-nous... voyons… Deux papayes avec du jus de limon, quelques tranches de San-Daniele, des toasts, de la marmelade et une bouteille de Riesling.
Tu veux du café, aussi ?

- Non, non, je me mettrai à la mode du maître, j'aurais bien trop peur de lui déplaire !

- Voilà qui est mieux. O.K. Maurice, le tout sous la paillote et vite-vite.
Viens, Bri, allons-y déjà, il y fait moins chaud… On rigole, mais tu vois bien que c'est vrai, la nature du lieu est toute puissante. Regarde ces collines, cette luxuriance d'espèces végétales dans l'air qui vibre de chaleur. C'est à la fois la passivité, l'écrasement sous le soleil, et en même temps chaque chose, chaque être vivant, végétal ou animal, se gorge de sève se gonfle d'énergie. Et ce soir, quand le soleil descendra, les perroquets se mettront à crier dans la forêt, le

11

vol lourd des grandes chauves-souris obscurcira le ciel et, en cette saison, toutes les espèces chercheront à s'accoupler.

Mais en même temps c'est très paisible. Tout est dans l'ordre des choses.

Tu sais ce que le nom de ce village veut dire ? "Djoumouna", en lari, la langue locale, signifie "la vallée où il fait bon vivre". Et (attention! c'est assez incroyable), sais-tu où Rhâma, ayant quitté ses froidures celtiques partit fonder le monastère de l'humanisme qu'il voulait protéger contre les schismes ?
En Inde, pas loin de l'endroit où se trouve aujourd'hui encore le Taj Mahal, au bord d'une rivière qui s'appelait et s'appelle toujours ... "la Dj'm'na!"

Alors ? Tu veux lutter contre quoi ? Ici c'est le paradis terrestre. Tu es venue : tu es donc Ève !

En discourant, ils étaient arrivés à la paillote de chaume qui faisait de l'ombre sur la table à déjeuner.

Pit arrêta brusquement Bri pour lui montrer quelque chose sur une des branches qui forment la charpente du petit toit qui n'est qu'un cône de rafles de palmier :

- Regarde, Bri, regarde comme il est beau !

Une très joli petit serpent, vert très tendre et à peine long de trente centimètres était lové autour de la branche et semblait un peu assoupi.

- Comme il est beau! Regarde ces couleurs, ce vert brillant et ce jaune! Tiens, Ève, je te l'offre.

Pit tendit la main pour le prendre.

Un hurlement retentit derrière lui, accompagné d'un fracas de vaisselle brisée.

- Non chef! Pas toucher ! Pas toucher ! Pas toucher !!

Les yeux exorbités, la sueur perlant instantanément au front, Maurice se précipite sur la machette de garde et, d'un geste sûr, l'abat en sifflant et tranche net en deux le merveilleux animal.

- Serpent des bananiers, chef ! serpent minute ! Si serpent mordre, tu n'arrives pas au dispensaire de Zindolo

- …merde !...

Pit avait les jambes sciées.

- Merde !... tu parles d'un orvet! Saloperie de nature ! Pour quoi est-il si beau cet imbécile? Et pourquoi a-t-il l'air si complètement inoffensif?

Brigitte récupérait, lentement elle aussi, mais n'en perdit pas son sarcasme:

- C'est peut-être toute la …"grande paix cohérente et érotique de la nature"… qui est mortelle?

Pit s'emporta.

- Non ! Non, non et non! C'est ignoble ce que tu dis. Ce qu'il faut c'est connaître. Connaître, reconnaître, naître avec la nature chaque matin. Ce qui est faux ce sont les mots: tout ce verbiage théâtral. Je me suis arrêté aux apparences, c'est tout. Je me suis stupidement payé de mots. Allez, viens…

Les larmes lui venaient. Il lui prit la main et l'entraîna dans un grand câlin, très amical et un peu désespéré. Il la serrait juste un peu trop fort et elle, avec une grande tendresse un peu maternelle, s'incrustait aussi près que possible et lui tapotait gentiment le dos.

- Oh Ève, Adam est un con, un pauvre con…

- Mais non, tu as eu peur, c'est tout. Encore heureux!

Soudain Pit se raidit: Maurice revenait avec un nouveau plateau. Il se dégagea et regarda au loin vers la colline et les palmiers.

Gêné et blessé dans son orgueil, il tentait de sécher ses larmes. Il força un sourire sur ses joues:

- Allons, mangeons. Ce soir, tu nous feras du serpent Maurice. Ce sera ma vengeance. Mais pas celui-là, il est trop petit. Tu iras au village chercher un grand Mamba noir. Bien venimeux, hein?

Maurice ouvrit un large sourire:

- Voui, chef! Voui!

Les fruits étaient succulents, comme toujours lorsqu'ils sont mûrs et à peine cueillis, encore vibrants des rayons du soleil. Il y a comme un vampirisme délicieux à planter les dents avec jouissance dans un fruit pulpeux qui vient de quitter sa tige mais n'a pas encore cessé de vivre. C'est comme boire de la vie. Le vin d'Alsace aussi fut vite bu et Pit se leva:

- Alors, cette promenade?

- Après ce vin, c'est moi qui en ai besoin!

- D'accord, on y va.

- O.K., je prends mes espadrilles dans la voiture et j'arrive.

- II - Fleuve Congo

Pit aimait beaucoup cette promenade et pourtant il ne l'avait faite que quelques fois. Il l'appelait, sans recherche, "la vallée des fées". S'il n'y allait pas souvent c'est probablement que, d'une manière symbolique, il fallait en mériter l'accès par une longue marche dans la savane écrasée de soleil.

Après avoir tourné le coin du grand étang, il n'y a pratiquement plus d'ombre. Le fond de la vallée est impraticable et le sentier passe sur la colline pelée, entre les hautes herbes sèches.

Au sortir de la concession, ils s'arrêtèrent quelques minutes pour se reposer chez le vieux Félicien. Pit aimait Félicien, le plus vieux contremaître, un Lari édenté, né au village même. Ses yeux restaient brillants, moqueurs presque, et se posaient sur chacun avec la douceur d'une paisible sagesse, souvent discrètement sceptique.

Félicien vivait avec ses deux femmes et ses nombreux enfants, dans une espèce de petite république à lui: trois cases carrées, construites en briques de terre cuites au soleil, abritaient femmes et enfants. Au milieu de leur triangle, un imposant safoutier faisait un cercle d'ombre qui était tour à tour terrasse, salle à manger, atelier ou salle du conseil. Quelques billots de bois y servaient indifféremment de tables ou de chaises. Mais Pit et le maître du lieu avaient tous deux droit à un "ta-na-wa", la traditionnelle chaise longue d'Afrique équatoriale, la chaise de palabre, formée de deux planches sculptées et imbriquées, et dont le nom veut dire "Parle, je t'écoute..."

Tandis que sa plus jeune femme servait le vin de palme, Félicien continuait comme toujours, imperturbablement, son travail de vannerie.

- L'arbre porte bien cette année. Tu as déjà cueilli, Félicien?

- Oui, chef. La femme a cueilli un peu. Elle a cuit des safous ce matin. Tu en veux?

- Ah oui, cela me ferait vraiment plaisir. Mais je t'ai dit cent fois de ne pas m'appeler "chef"! Ici, c'est toi le chef. Et puis j'ai un nom: je m'appelle Pit.

- ...

- Alors?

- Oui, Chef,... Pit!

Ils s'esclaffèrent tous trois de très bon cœur et rirent aux larmes pendant une longue minute.
La jeune femme apporta les safous.

- Tu les connais, Bri?

- Non, je n'ai jamais goûté.

- Il y a comme un secret. Ces énormes olives mauves, à première vue, ont l'air complètement inutiles: la peau est immangeable et le noyau est presque aussi gros que le fruit! Mais si on prend soin de les ébouillanter, la peau se détache facilement, et entre elle et le noyau tu découvres une fine couche d'une crème végétale absolument délicieuse. Tu peux essayer de la gratter, mais tu en perdras la plus grande partie.

Je te conseille plutôt de mettre le tout en bouche et de sucer la crème.

Brigitte essaya de suivre le conseil, mais elle manqua de s'étouffer tant le noyau était gros.

- Attends, je vais t'aider.

Pit sortit son couteau et fit sauter d'un morceau de bambou quelques fines lamelles pointues. Il y ficha les safous qui prirent l'allure d'un bouquet de sucettes.

Tandis que Bri se délectait, Pit échangeait avec Félicien quelques phrases courtes, entrecoupées de longs silences, comme il avait appris à le faire avec tout le respect qu'il avait pour le vieux sage.

- Tu fais un tour d'inspection, Monsieur Pit?

- Non Félicien. Je partais me promener dans la vallée, derrière la vieille briqueterie.

- Pourtant, il doit faire bon et calme ce dimanche chez toi?

- Non Félicien, pas vraiment calme. Il y a eu une grande fête pour mes amis, hier soir … Ce matin, j'ai failli me faire mordre par le petit serpent vert des bananiers.

- Je comprends.

Un long silence laissa Pit s'interroger sur ce que le vieux comprenait.

Bri continuait à sucer ses safous.

Le soleil tapait fort. L'air bourdonnait.

Pit but une gorgée de vin de palme. À cette heure de la journée, il conservait sa fraîcheur, mais commençait à pétiller. Cela lui rappelait un peu le "vino verde" portugais.

- Non, nous n'étions pas confortables. Nous avons pensé aller nous promener là-derrière.

- Mais … il n'y a rien là que … quelques crocodiles et du bois mort sur des sables mouvants.

- Tu trouves? Moi, j'aime bien cet endroit. Il y fait frais. Et la lumière est spéciale. Chaque fois que j'y vais, je m'y arrête, je m'assieds, et j'ai l'impression qu'il y a un esprit, là.

- Ah je comprends: tu veux aller parler au Fleuve.

- Non, le fleuve est plus loin.

- Mm… Va jusqu'au Fleuve, tu comprendras. La Forêt là, dans la vallée, est nettoyée. Seules les grands arbres survivent. Par terre le sol est propre et doux, mais parfois il s'enfonce sous tes pas. Et la lumière arrive au sol. C'est ça que tu trouves agréable. En fait c'est le Fleuve qui fait cela quand il déborde. C'est un peu comme si le Fleuve, de temps en temps, nous rendait visite dans cette vallée. C'est lui qui y laisse des traces. Si tu sens l'esprit, c'est l'Esprit du Fleuve.

Silence …

Pit réfléchissait.

- Tu as probablement raison, mais je trouve l'endroit différent du fleuve lui-même…

- Oui, c'est toi qui as raison ! Sa voix est plus calme dans la vallée inondée. Il y vient seulement parfois, en visite. Aux cataractes, le Fleuve est chez lui. Il gronde, il hurle, il est dangereux.

Ils laissèrent Félicien à sa vannerie et sa philosophie. Ils prirent le sentier qui mène d'abord à la briqueterie. Déjà cet endroit est assez fantastique: abandonnée depuis plusieurs années, la briqueterie dresse ses murs en ruine, tout noircis encore des fournaises d'enfer qui jadis ont cuit l'argile.

Derrière la briqueterie, le sentier descend dans la vallée et franchit plusieurs bras du marigot sur d'improbables passerelles souvent réduites à un vague tronc d'arbre glissant, posé au fil de l'eau.

À l'entre du marécage, l'eau était lente et quelque peu inquiétante. Au passage du dernier bras, deux crocodiles faisaient la sieste sur la rive opposée, les paupières à peine entrouvertes. Avant de traverser, Pit leur jeta une branche et ils entrèrent lourdement dans l'eau avec un air grognon.

Brigitte s'inquiéta:

- Tu n'as pas peur qu'ils reviennent?

- Ils sont presque toujours là. Je crois qu'ils sont un peu les gardiens de la vallée. En fait si j'y pensais, j'en aurais horriblement peur. Je n'y pense pas, c'est tout. C'est probablement pour cela que je ne viens jamais me promener par ici si je n'ai pas un peu bu.

Ils arrivèrent enfin à la vallée elle-même. Ils s'arrêtèrent, instinctivement, se donnèrent la main. Sans nul doute il y avait là quelque chose de féerique. Les arbres, régulièrement inondés, se dressaient sur un faux plat de terre marécageuse. Des amas de branches mortes et de lianes formaient une cathédrale sauvage.

Mais avant tout, c'était la lumière qui les impressionnait. Contrairement aux galeries forestières de rivières, la voûte arborée laissait la lumière pénétrer par de grandes trouées et descendre en rais jusqu'au sol comme à travers un jeu de vitraux. Ils devinaient au loin la vive clarté des bancs de sables et le grondement du fleuve.

Ils restèrent un moment immobiles.

- Chaque fois que je viens ici je ressens l'impression mystérieuse et un peu effrayante qui m'hypnotisait, enfant, à la lecture de certains contes de fées de la Comtesse de Ségur. Tu sais : ces forêts tout entourées d'une grille infranchissable. Par hasard, le cadenas n'est pas mis. La petite fille pousse la porte qui ouvre sa rouille en grinçant et elle pénètre, provocante, dans le jardin interdit. Interdit et enchanté: elle y rencontre un crapaud purulent qui lui parle … et qui probablement, je ne m'en souviens plus, est un prince qui expie, par ce sort, une faute fort ancienne. Qui sait ? Peut-être nos deux crocodiles sont-ils des princes charmants ?

- Oui … Mais ne crois-tu pas que c'est plus simplement le sentiment du danger : les crocos, le marécage, les sables mouvants, …?

- Non … Mais non: c'est bien plus fondamental …Je pense que Félicien a raison. C'est l'esprit du Fleuve. Tu vois, quand le fleuve monte et pénètre dans la forêt, c'est la rencontre de deux ordres. Tu as ici un "no man's land" de dialogue entre le monde des arbres et le monde des eaux. Régulièrement le fleuve vient y retravailler le sol et y enfouir toutes la végétation secondaire. Ainsi, les arbres les plus grands continuent à se dresser de plus en plus haut en une nef à la gloire de la vie et de l'esprit. Le Fleuve c'est la masse, le magma originel, l'océan. Les arbres sont la force de la vie, la croissance, le progrès, l'élévation. Viens, allons voir cette brute de fleuve.

Ils traversèrent la vallée féerique en s'arrêtant de temps en temps pour admirer un jeu de lumière, la forme étrange d'une racine ou d'un écheveau de lianes. Au bout du marécage, ils débouchèrent sur un banc de sable blanc, étincelant.

Derrière le banc de sable, le fleuve grondait en rouleaux furieux.

Ils s'assirent sur le sable, face à l'île aux singes dont la forêt inextricable formait comme un restant de luxuriance qu'on pouvait imaginer intouchée.

Pit voulut expliquer à Bri qu'il n'en était rien, que certains contrebandiers intrépides traversaient à cet endroit les cataractes en se servant de l'île comme relais. Mais le fracas des eaux était tellement assourdissant qu'il y renonça.

Il contemplait le fleuve, tout pénétré de sa puissance et de l'inévitable idée de passage, de voyage.

Il se leva, s'approcha des flots au plus près, resta là un moment à se faire doucher par les éclaboussures. Il pleurait, mais tout dégoulinant, il était le seul à le savoir.

D'une voix forte, il s'adressa aux vagues. Ou au ciel. Ou à lui-même.

- J'en ai assez. Assez! J'en ai assez de cette région du monde où tout semble harmonieux, vivant, logique. Et où je reste un étranger, mal dans ma peau. J'en ai assez de cette harmonie primitive que je ne puis rejoindre, de cet Eden où il n'y a pas même un tabouret pour moi. Sauf si je m'enivre, et encore !

Je pars. Je ne sais pas encore où ni comment, mais je pars.

Et il déclama, en les scandant à l'ancienne, pour lui seul, les vers de Dante:

> **Era già l'ora che volge il disio**
>
> **ai navicanti e 'ntenerisce il core**
>
> **lo di c'han detto ai dolci amici**
>
> **addio ...** [1]

- Oui, c'est l'heure. C'est l'heure de s'attendrir. Mais sur quels amis? Ah, Dante Alighieri, ton purgatoire avait des règles simples! Le cœur est plus que tendre, il est écorché! Oui, j'ai navigué, mais je me sens perdu ici comme dans la mer des sargasses.
Et qui donc sont ces doux amis que j'aurais quittés ? À qui ai-je jamais dit adieu? Et d'ailleurs, peut-on un jour retrouver ses amis après un si long voyage ?

- Que dis-tu ?

Bri lui hurlait dans l'oreille.

- Rien, rien. Je parlais à Dante...

- Viens.

---

[1] Dante Alighieri. Purgatorio Canto VIII°.- Traduction libre à la fin de ce chapitre, page 26.

Il lui donna la main et ils retournèrent sur leurs pas, en silence. La vallée lui semblait maintenant triste et désolée. Trop nue et un peu putride. Au franchir de la lisière, le soleil de plomb était toujours là.

- Il y a une belle petite chute sur le ruisseau, un peu plus loin par là, tu veux qu'on aille s'y baigner ?

- Bonne idée, j'étouffe.

Pit était triste. Il se sentait saisi à la gorge par la solitude. Il avait l'impression d'avoir été incapable de faire sentir à Brigitte la féerie des lieux. Peut-être avait-il voulu aller trop vite, précipiter les explications. Ou bien n'y avait-il pas entre eux suffisamment d'intimité ? Ou bien cette féerie n'existait-elle que dans sa tête ?

Avant de refranchir la limite du marigot, il prit Bri par la main et l'attira contre lui. Il l'embrassa dans le cou comme un enfant un peu fatigué. Il cherchait la tendresse et s'en voulait d'avoir l'air un peu pleurnicheur. Elle lui tendit les lèvres, gonflées de soleil, qu'il saisit et embrassa avec passion. La bouche de Bri avait un goût de cannelle. Elle s'abandonna furieusement au baiser, mais quand Pit, mû par un désir désespéré, chercha à s'incruster plus intimement en l'écrasant dans ses bras, elle se dégagea.

Il en souffrit comme si dans ses huit bras de poulpe une proie tendre et délicieuse était soudain arrachée à ses mille ventouses affamées.

Ils marchèrent silencieusement jusqu'au ruisseau.

La cascade formait trois énormes marches de pierre. Sur chacune il était possible de s'asseoir, le dos au roc, sous le flot même du ruisseau.

Revigorés par la fraîcheur du lieu, ils se déshabillèrent rapidement et coururent comme des enfants s'asseoir sur la marche inférieure, là où le choc de l'eau sur leurs corps nus était le plus fort. Ils y restèrent longtemps, les yeux fermés, le dos à la paroi moussue, presque suffocants, frappés et massés par les trombes d'eau froide.

Pit sentait petit à petit ses déchirures se cicatriser. Les milliers de petites électricités folles et horripilantes étaient mises à la masse. Et pour la première fois il eut l'intuition que l'eau le purifiait, lui apportait une sorte de paix en éteignant en lui et sur sa peau toutes ces vibrations contradictoires, toutes ces brûlures, solaires, érotiques, ou émotives. Comme un baptême, comme une mise à zéro.

Bri sentit cette paix retrouvée car elle se rapprocha et s'assit entre ses jambes, au creux de ses bras. Il enveloppa ses épaules et, ensemble, ils se mirent à rire et jouer dans les éclaboussures.

Soudain la cloche sonna.

- C'est Maurice. Il doit y avoir une visite ou un message. On y va ?

Rhabillés prestement, ils remontèrent à la grande case qui n'était pas loin. C'était bien un message, sur la radio à ondes courtes. Maurice avait remarqué la transmission, mais n'avait pu ni la comprendre ni la noter.

Pit prit le micro et rappela.

- Allo. Allo. Pit pour Central. Pit pour Central. M'entendez-vous?

- Central à Pit, Central à Pit. Vous entends cinq sur cinq. Aimerions vous voir réunion 17 heures. Sans commentaires. Sans commentaires. Over.

- O.K., j'essayerai d'être là. J'essayerai d'être là. Over.

Pit regarda Bri d'un air préoccupé. ¨Sans commentaire¨ était le code pour annoncer un coup d'état. Ce ne serait jamais que le cinquième en quatre ans... Mais s'ils demandaient à Pit de rentrer au Central c'est que la zone, ici, du fait de sensibilités tribales particulières, était peu sûre.

Il mit brièvement Brigitte au courant, réunit quelques affaires personnelles et ses principaux documents professionnels. Calmement, il déboucha une bouteille de Champagne et en servit trois coupes.

- Tiens Maurice, à ta santé! Je dois partir. Tu fermeras la maison et tu la garderas bien. Dis à la sentinelle de ne pas dormir : il y a peut-être des Bakongos qui rôdent.

Assis sur la rambarde de la bar'za, ils burent lentement le champagne en regardant la magnifique exubérance du paysage comme si c'était la dernière fois.

Pit se versa la dernière coupe, jeta la bouteille vide dans la piscine et vida la coupe d'un trait. Il allait la jeter au-dessus de son épaule, mais Maurice l'arrêta avec un sourire timide :

- Non chef, ne casse pas. Tu reviendras.

O.K. ... Allons-y Bri. Laisse ta voiture ici et viens avec moi dans la Land-Rover. Ils me connaissent, ce sera plus facile.

C'était l'heure quand vient au coeur des mariniers

le désir de s'attendrir,

au souvenir du jour où ils dirent

à leurs plus doux amis

Adieu …

- III -   Ligures

Les semaines qui suivirent furent à la fois très rapides, très denses et très démentes. Le coup d'état fut sanglant dans les rangs de l'armée et surtout à travers les épurations et les représailles réciproques entre factions d'ethnies différentes. Les milices populaires furent autorisées et cela signifiait une réelle insécurité permanente car chaque analphabète venu avait le droit de s'armer et d'organiser des contrôles de police. Les centrales de coopérations, souvent plus soucieuses d'éviter des incidents que de remplir efficacement l'esprit de leurs contrats, demandèrent à tous leurs experts en poste de rester stand-by à l'hôtel Soyouz. Ce nom de palace désignait une lourde structure de béton offerte au Congo Brazza par le gouvernement "frère" de l'U.R.S.S. Il n'avait jamais été proprement terminé et était géré par des fonctionnaires d'état. Seuls donc les cancrelats, les margouillats et les moustiques pouvaient réellement s'y sentir à leur aise.

De toute façon, Pit avait d'autres plans. Avant de confier aux techniciens qu'il avait formés, les fermes montées durant les trois dernières années, il voulait encore finir certains travaux et donner un dernier élan aux projets à peine mis en route. Il accepta néanmoins, vu l'insécurité des routes, de rester en ville quelques jours pour observer l'évolution de la situation. Luc, Pierre, Samy et Rosette avaient, évidemment, en ces circonstances, les bras ouverts et la chambre d'amis accueillante. Mais ils se connaissaient trop: les journées d'attente semblaient interminables.

Finalement, après une rencontre fortuite avec Giorgio Sforzi et sa sœur Julia, à la sortie d'une visite à la Maison de la Presse, une des seuls buts de promenade, il les rejoignit chez eux pour y prendre un apéritif qui dura quinze jours. Sforzi et ses collègues faisaient les études d'un barrage au Km 200 sur la route du Nord. Il leur restaient encore beaucoup de calculs et de plans à faire, mais tout le travail pouvait maintenant être réalisé au bureau. La visite de Pit était aussi un soulagement pour Georgio et sa nouvelle épouse car, avec ces événements, ils ne savaient que faire de Julia qui venait d'arriver d'Europe pour passer quelques semaines de vacances.

Ce huis clos imprévu intéressa Pit par sa découverte d'une tout autre façon de vivre le quotidien. C'était certainement dû pour part à la culture et au don de raconter des Sforzi, mais aussi à ce détachement vis-à-vis des choses sérieuses et à cette méticulosité quelque peu théâtrale que les Italiens peuvent mettre dans le quotidien et qui font des tâches les plus simples une quête alchimique. À l'époque, Pit ne savait encore rien du zen mais il sentait déjà confusément qu'il y a de l'hyperréalisme dans le scandale des jeux du paradoxe. Tout serait donc dans tout et dans son contraire?

En quelques jours, chaque action, même bénigne, prit valeur de rite. Mais peut-être Pit ne faisait-il que découvrir l'élégance italienne à soigner les détails. Et aujourd'hui encore, il peut mettre des heures dans sa cuisine pour obtenir exactement la nuance qui fait la perfection des "capelletti in brodo" qui ne sont, pour les touristes descendant du Vésuve, que des petites pâtes dans un bouillon clair.

Cette recherche un peu monastique dans les gestes simples du quotidien, faisait contraste avec des moments très coquins et charmeurs derrière la porte close de la chambre que Pit partageait avec Julia.

De cette période de réclusion relative, Pit restait surtout étonné qu'il lui avait fallu s'expatrier sous l'équateur pour découvrir la façon de vivre de nos presque voisins, ces Ligures, à moins de 1200 kilomètres du Hainaut. Et cela lui rendait évident que ce qu'il découvrait de plus violent dans l'Afrique, c'était bien la critique de son propre peuple:

- Mais, tu ne comprends pas, Julia? Tu ne comprends donc pas que je préfère me tuer que de vivre, en Belgique ou en France, cette vie de fourmi où chacun court dans tous les sens, complètement déboussolé par la pseudo nécessité de consommer, l'urgence imbécile d'avoir un coussin plus doux sous les fesses ou un ouvre-boîte à six vitesses débrayables ? Tu ne comprends pas qu'il nous faut tout autre chose que posséder ? Chaque fois que je rentre en Europe, c'est la gifle qui m'attend dans mon pays, chez moi, tu entends? Le désespoir absurde des gens qui trottinent comme des mules de manège après une carotte dont ils n'ont pas besoin. Nous avons encouragé la consommation pour soutenir le développement industriel. Très bien. Mais maintenant que nous avons les technologies, maintenant que nous possédons le confort et plus que le confort? Maintenant la machine est folle!

Julia remontait le drap sous son menton et se recroquevillait, assise au coin du lit, tremblante, sans savoir comment le calmer.

- La machine est folle…Les gens se retrouvent névrosés à force de travailler comme des bêtes pour satisfaire des désirs qu'ils n'ont pas. Vois-les courir, hébétés, sur les esplanades des supermarchés, supermarkets, supermercati, si ?!

Dans toute l'Europe, ils poussent des petites charrettes pleines de mensonges et d'ersatz auxquels ils ne peuvent croire que durant le court instant du déballage. Ils s'épuisent et s'énervent dans la quête d'une imitation en plastique d'un Graal dont ils n'ont même pas compris le sens. Mais leur instinct leur dit leur erreur, et ils s'énervent, ils deviennent fous : ils giflent leurs enfants qui aimeraient jouer durant le rituel de la grand-messe de la consommation. Ils perdent la raison et ne savent pas pourquoi. Ils ont oublié leurs vrais désirs. Ils n'entendent plus leur instinct dont la voie est couverte par les haut-parleurs des caravanes publicitaires.

Et pendant ce temps, ici en Afrique, il semblerait qu'ils ont tout : la joie de vivre, les chants, les rythmes et les saisons, la douleur, la guerre et la paix, la naissance et la mort. Toutes ces pulsions de la vie, ils les vivent, ils les ressentent, ils les dansent, ils les accompagnent.

Lorsqu'un mal persiste au-delà des cérémonies de deuil ou d'échanges, leurs chamans les amènent avec doigté à conscientiser le mal, à le cristalliser et à l'expectorer.

Dans leurs traditions, parfois simplistes, parfois abusives de leur crédulité, il y a toute la science des humanismes traditionnels et plus encore.

Et nous voulons "les aider"!?? Tu entends cela, Julia: "les aider" !! Ah, oui! On les aide: ils se concentrent, comme nous, dans les villes, pour acheter des radios à transistors et font la queue devant des dispensaires où notre médecine mécaniste soigne les symptômes et ignore presque tout des causes !

*

Le lendemain matin, les yeux cernés de violet, nuques raides de trop de Barolo, et estomacs plein de chenilles, ils parvenaient cependant à se sourire devant leur "cafe lungo".

Il avait pris une décision. Peu importe la politique peureuse des diplomates bureaucrates. Peu importe le risque d'avoir à faire appel à eux pour se sortir éventuellement des situations délicates. Il ne renouvellera pas son contrat. Il rentre en Europe et de là en Asie. Mais avant cela, avec ou sans autorisation, il part mettre en route le réseau d'irrigation et donner à Makolo et N'guamba les instructions nécessaires pour la campagne agricole à venir.

Julia est inquiète, mais sait qu'il ne changera pas d'avis. Elle devine aussi qu'elle ne le reverra jamais vraiment, que leur aventure s'arrête là, même si d'autres nuits folles lui feront peut-être comme des échos qui s'éteignent.

- IV - Mama N'Dolé

Il part donc. Dans l'état de désordre émotif où il se trouve, cette piste de huit cents kilomètres en Land-Rover est réellement la dernière des choses dont il a envie. Mais il veut le faire, comme un défi, comme un "persiste et signe" avant de descendre le rideau.

Pit n'a pas encore compris qu'il est le seul spectateur de son théâtre et que la pièce ne l'amuse pas.

Il n'a pris pratiquement aucun bagage. Sur le toit deux jerrycans de gas-oil. Dans le vide-poche une bouteille de Chivas.

Le chauffeur est introuvable. Terré dans son village, ou en prison, ou mêlé lui-même à une quelconque milice.
Il fera donc la route seul. Dans ces conditions il décide de faire étape à la mine de M'passa et d'en profiter pour dire adieu à Elisabeth et son mari.

Il s'arrête à la librairie pour acheter les magazines féminins récents et une cartouche de cigarettes mentholées. Comme il a toujours été un peu béatement amoureux d'Elisabeth et qu'il croit que son mari s'en rend compte, il préfère avoir un prétexte, même futile, pour s'y arrêter.

Au kilomètre soixante de la piste du Sud, il se rend compte qu'il a déjà faim et que la fatigue ne lui permettra pas d'arriver avant tard dans la nuit. Il décide donc de faire d'abord le détour par Kinkala.

Au volant, dès que le bitume laisse place à la piste, ses forces semblent lui revenir. Il a toujours adoré rouler vite sur la piste. C'est pour lui une concentration simple, comme une monomanie qui captive toute son attention mais dans laquelle l'instinct et l'automatisme jouent un rôle important. Ça l'épuise physiquement et le repose en même temps.

Sur les cent premiers kilomètres, les contrôles policiers ne cessent pas. Heureusement, à cette heure ils n'ont pas bu. Et beaucoup d'entre eux connaissent Pit qui en trois ans a fait cent fois la route. Il lui suffit donc de joindre des explications nettes et fermes à une patience détachée, pendant que les policiers ou vigiles examinent ses papiers avec un intérêt proportionnel à leur analphabétisme.

Finalement, malgré la conduite rapide, il est près de seize heures lorsqu'il arrive à Kinkala et klaxonne brièvement devant la case des Leturc.

Comme il s'y attendait, Lucien Leturc et sa famille n'ont pas quitté leur fief. Au contraire il semble que tous ceux qui ne se sentaient pas sûrs chez eux, à cent lieues à la ronde, se sont réfugiés ici.

Et c'est une réelle cohue qui l'accueille et le presse de questions sur les événements qui se déroulent en ville. Il y a là Lucien et sa femme, deux infirmières coopérantes d'un dispensaire de brousse, une institutrice de village et même un chanoine d'un ordre missionnaire, en tournée d'inspection.

Pendant deux heures c'est la grande palabre, tous ensemble dans la case en bois. Lucien a mis au centre du salon un grand casier de bière Primus en bouteilles d'un litre et Pit boit au goulot tout en répondant aimablement aux questions sur le nombre présumé des victimes et les chances de reprise du pouvoir par les partisans de l'ancien président.

Pour Pit, c'est tout à fait irréel: perdu dans sa quête et ses tourments, il se sent absent de tout ce charivari, mais en même temps il a faim de cette atmosphère chaude et amicale et il s'en rassasie.

Toute cette bande est un peu missionnaire et, chaque fois que Pit s'arrête chez les Leturc, il sent, très fort, cette sympathie humaine, cette chaleur d'accueil et cette tolérance qu'il n'a que rarement rencontrées chez les chrétiens d'Europe mais qu'il imagine être celle des premiers zélotes. Il s'est souvent dit qu'il y a là un des éléments de ce qu'il cherche et qu'il devrait leur rendre visite plus souvent. Mais l'aura de christianisme déclenche aussitôt, chez lui, un sentiment de rejet. Pour Pit, cette religion porte la robe du cléricalisme borné qu'il a rejeté en devenant adulte. Et il ne peut pas encore jeter la robe sans jeter l'idée.

Suzanne sonne bientôt la cloche du repas. Avec tous les enfants, c'est comme un réfectoire d'école. Le chanoine dit le bénédicité. C'est un chanoine de style moderne, habillé d'un saroual blanc, il a l'air d'un parachutiste qui se serait fait hippie.

Après le repas, et les grâces, bafouillées à voix basse par Pit qui en a depuis longtemps oublié les termes, les enfants vont se coucher et la conversation prend un tour plus intimiste.

Suzanne est une fine psychologue. Elle a assisté à quelques cours de Pit à ses élèves adultes et a aimé sa conviction, son engagement à transmettre le message technique dans son essence directement utile. Elle a apprécié aussi ses efforts de tout ramener à la vie, à l'humain.

Pit, toujours à l'affût d'une réassurance, avait apprécié ses commentaires et gardé pour Suzanne une oreille attentive.

Ce soir, elle dirige la conversation vers le métier, la coopération, l'avenir professionnel.

Pit essaie de détourner le sujet en badinant avec Laurence, une des deux infirmières. Laure est grosse et se déteste pour cela. Pit la taquine. Il veut fuir le piège de Suzanne qui l'interroge sur son éventuel divorce d'avec Tina, sur ses projets.

Un peu par amitié, un peu pour briller devant Laure, il parle de son expérience en Afrique, des questions qu'elle soulève, du mal-être qui en découle et de sa décision de ne pas signer un nouveau contrat.
Il parle même, pour la première fois, de ses doutes à propos de son couple. De son désir de retrouver Tina en Asie sans bien savoir si c'est sa route à lui.

Suzanne sort un moment et revient un papier plié à la main.

- Tiens! Je pensais à toi l'autre soir lorsque tu nous as lu quelques uns de tes poèmes, et j'ai écrit ceci pour toi.

Elle avait écrit, trois semaines plus tôt, un poème où il était joliment question d'un avion, de sa nécessité de faire un point fixe avant de décoller et du tremblement de toutes ses membrures avant le bond qui l'arrachera au sol...

Pit le lut, fut ému, et le relut, plus lentement.

Il sourit à Suzanne avec beaucoup de complicité et un peu d'amertume.

- Et si on allait dormir? Je prends la route, moi, demain matin.

- Oui, dit Suzanne, il est temps. Comme la maison est une auberge ces jours-ci, peux-tu rester sur ce divan pour y dormir? Je te donnerai un oreiller un peu plus confortable. Chanoine, tu as ta chambre. Laure, tu reprendras la table comme dimanche puisque tu es spartiate?

En dix minutes, tout le monde fut casé, les moustiquaires tendues et les lumières éteintes.

Dehors, la pleine lune est triomphale. Au loin, les chouettes rient et, devant la maison, l'âne, probablement insomniaque, se met à braire dix ou douze fois à chaque quart d'heure, avec la régularité d'une pendule.

Entre les idées vivides qui se bousculent dans sa tête et toute cette vie nocturne qui s'agite au-dehors, Pit ne peut dormir.

Il sort très doucement. La maison de bois fait écho et craque au moindre déplacement. La nuit est grandiose et extrêmement sonore.
La lune le fixe. Les arbres frissonnent. L'âne brait. Le chanoine prie: on devine sa silhouette derrière le rideau, le bréviaire à la main.

Pit rentre et s'allonge sur son étroit divan.

Saoulé d'idées, de fatigue et de toute cette vie nocturne qui s'active au-dehors, il s'endort finalement, sans bien s'en rendre compte.

*

Il fut réveillé par le tintamarre de la pluie sur le toit de tôle ondulée. Il se leva et alla à la fenêtre. Il adore regarder ces averses équatoriales, dont chaque goutte énorme forme comme un petit champignon en tombant dans les flaques, et les ruissellements qu'elles provoquent aussitôt. Il aime surtout l'impression de paix et de soudain soulagement des pluies matinales qui effacent, en un instant, des heures d'oppression suffoquée.

Et puis, dans cette région du monde, l'averse de l'aube déstructure complètement le programme de la journée et apporte ainsi au travail une liberté et une nécessaire improvisation que Pit apprécie, comme tous les Africains.

Mais, ce matin, il était trop tôt pour admirer la pluie: il faisait noir encore. Pit décida de se lever et de partir.

Il laissa un mot de remerciement pour Lucien et Suzanne sur le filtre à café, alla cueillir au jardin deux petites tiges de bougainvillée et les tressa très délicatement dans les cheveux de Laure qui dormait toujours sur la table. Puis il partit dans un grommellement de moteur froid suivi du déchirement de la succion des gros pneus dans l'argile mouillée.

Tout en espérant déjà en avoir fini, Pit savourait à l'avance les deux cent vingt kilomètres qu'il avait devant lui. C'était un vrai rallye, et des plus variés: d'abord des ornières dans l'argile, puis la belle trace de la niveleuse dans la latérite, ensuite une cinquantaine de kilomètres de sable et, pour finir, quarante bornes d'escaliers taillés dans le rocher par les éléments et les charrois. Enfin ce sera l'embranchement pour la mine avec sa route étroite, fréquentée de camions fous, mais enrochée et bien entretenue. Quand l'argile était sèche et le sable mouillé c'était un jeu d'enfant. Ce matin-là, évidemment, seule la plaine de sable n'avait pas été touchée par l'orage!

Pit connaissait bien cette piste et ne rencontra pas de réelle difficulté. L'appréhension ne le saisissait qu'au franchissement des ponts où il eut préféré avoir un guide, car les minces poutrelles de bois étaient glissantes après la pluie. Mais, heureusement, sur cette piste, chaque ornière avait droit à deux poutrelles. Après tout c'était la route nationale numéro un! Vers huit heures et demie, après une longue descente hésitante sur la latérite gorgée d'eau qui formait un glaçage pire que du verglas, il franchit la ligne du chemin de fer et arriva à la gare de Delmaze, un gros village, entre deux collines pelées, créé là de toutes pièces pour abreuver les locomotives.

Le village de Delmaze était souvent désigné comme le Las Vegas du pays. Les "night-clubs" y étaient fameux et les filles du cru avaient la réputation d'être faciles. En fait, le passage quotidien du train faisait de Delmaze le principal marché d'échange de cette région qui n'était reliée ni au bassin du fleuve, ni à la vallée du Niari. Les petits agriculteurs y venaient avec de grosses brouettées de papayes et de bananes, les éleveurs avec leurs poules et leurs chèvres, et les saigneurs de palmiers avec le vin du matin. Il était traditionnel que le train ne reparte qu'après que tous les échanges aient été conclus.

Ventes ou troc se faisaient dans un style d'enchères sauvages, les vendeurs pataugeant dans la boue du quai, les acheteurs jetant leurs ordres et leurs questions du haut des fenêtres de leur compartiment. Il est vrai que tous ces échanges mettaient en circulation des liquidités d'argent supérieures à celles des autres villages.

Il est vrai aussi que, dans l'espoir de recycler ces richesses, il s'était construit une bonne demi-douzaine de buvettes, dans un rayon de cinq cents mètres, densité bien supérieure à l'habitude. Ces "super casinos" de pisé, hâtivement chaulés de frais au début de chaque saison sèche, comportaient tous une cour de quelques mètres carrés, fermée de murs, et une vieille sono éraillée. On y dansait tous les jours et surtout dans la plus grande, agrémentée sorte de petit minaret et qui arborait une impressionnante enseigne de néon rose: Chez Kolélé.

Ajoutez encore que le train vit certainement partir, après certains jours de panne, bien des amants ingrats, qui laissèrent sur le quai des hôtesses plus déshonorées qu'éplorées. Ces beautés locales avaient perdu leur seule richesse et elles avaient maintenant tout à gagner. Certaines d'entre elles s'affublaient donc d'une perruque en nylon, aux cheveux longs et lisses, et acceptaient de s'asseoir à la table des "casinos" avec les clients de passage.
Comme souvent, la réputation entretenait le mythe: chacun en arrivant à Delmaze, soulagé à l'apparition de ce havre après la monotonie de la route, s'écriait: "Ah! Las Vegas !"
Et, sans nul doute, on y buvait plus de bière que dans toute autre étape et l'on ne manquait pas de sacrifier à la tradition en dansant un tango avec une des amazones qui ramassaient la menue monnaie sur les tables.

Depuis que Tina l'avait quitté, lorsque Pit passait la nuit à Delmaze, il rendait visite à Valène 'Ngono, "fille de la lune" dans sa langue, sa petite hôtesse préférée.

Il allait systématiquement lui rendre visite tôt dans la soirée, pour bien signifier qu'il venait par fidélité, par amitié, pas seulement au hasard des rencontres du bar de l'hôtel, en fin de soirée.

Ensemble ils allaient danser plusieurs heures sur des rythmes violents qui secouaient les tripes autant que les tympans. Puis ils rentraient chez elle, jamais dans une chambre de l'hôtel, ils vérifiaient ensemble que les deux petits enfants de la jeune femme dormaient paisiblement, puis se couchaient dans le grand lit qu'il lui avait offert.

Est-ce parce que Delmaze est proche des forêts du Mayombe? à l'occasion de chacune de ces nuits, Pit se sentait puissamment entraîné dans un monde d'humus et de luxuriance végétale, de couvert forestier et de nature envahissante, aveugle, aphasique et incontrôlable.

L'union avec la fille de la lune relevait de l'évidence végétale: fleur de lotus, étamines et pistil, fusion des sèves et des liqueurs, dans une force calme, une déstructuration de compost, une pression de graine en germination.

Une évidence puissante, très peu cérébrale mais entièrement dépourvue de désirs crispés, de complication des interdits. Degré zéro de la pornographie.

Une forme de paradis, mais avant la liberté.

Ce matin-là, il était vraiment trop tôt. Pit se dirigea vers la gare, bien décidé à se payer un petit-déjeuner de roi chez Mama N'Dolé. C'était un des seuls endroits de brousse où l'on pouvait trouver un vrai petit-déjeuner. Le train déposait chaque matin ses baguettes molles et Mama N'Dolé prenait bien soin d'avoir toujours une réserve de Nescafé et de lait concentré sucré. Toujours aussi édentée, elle était là, comme d'habitude, assise sur un billot, les pieds dans la boue, dans son restaurant de deux mètres carrés, fait de branchages et d'un ou deux morceaux de tôle ondulée. Pit se fraya un passage jusque-là, à travers les monceaux de fruits pourris écrasés dans un mélange de boue et de fumier de chèvre. C'était un jour faste: ce matin, pour le supplément de cent francs CFA, il était possible de garnir son pain avec du beurre fondu des surplus de la Communauté Européenne.

- Alors, Mama N'Dolé, tu fais la contrebande?

- Quoi? Moi ? Jamais, la contrebande. Pourquoi tu dis Mama N'Dolé fait la contrebande?

Pit voulait la taquiner. Depuis trois ans, il avait lui-même utilisé plusieurs dizaines de tonnes d'aliments "Don du peuple Américain" ou d'une autre origine humanitaire. Il en avait surtout nourri les poissons, les porcs et les canards des élevages qu'il encadrait. Et il restait encore des montagnes de farines charançonnées et de boîtes de pilchards gonflées, que personne n'utilisera jamais.

- Tu n'as pas vu ce qui est écrit sur la boîte?

- Allez patron, tu sais Mama N'Dolé pas lire! Et alors? Lis la boîte, toi!

- Il est écrit "Ce produit est un cadeau des peuples d'Europe. Il ne peut pas être vendu".

- Haha!... Alors c'est celui qui me l'a vendu qui est contrebandier! Mais...? Pas être vendu, pas être vendu? Qu'est ce qu'il faut faire, alors, avec ça?

- Normalement, il faut le donner.

- Le donner ?! Mais alors, autant le jeter. C'est fou ton histoire.

- Je ne sais pas si c'est fou. Tu ne crois pas qu'on pourrait le donner aux enfants et aux mamas qui nourrissent et qui n'ont pas d'argent?

- Ha ! ça, tu sais, ça ne peut pas marcher...

Elle réfléchit un moment, versa l'eau chaude dans deux gobelets pour des clients qui attendaient, puis se retourna vers Pit, l'air concerné:

- Viens un peu t'asseoir là.

- Tu es gentille, Mama, mais... mon pantalon est encore sec et je dois rouler encore.

Elle regarda le sol de sa case comme si c'était la première fois qu'elle prenait conscience du bourbier:

- Ah! Tu as raison. Il a plu.

D'une tirade rapide en sa langue, elle envoya un gamin chercher un casier à bière et le retourna dans la boue.

- Tiens! Assieds-toi. Je veux te raconter une histoire. Tu connais l'histoire du pangolin qui était triste?

- Non, Maman, je ne crois pas...

- C'était un pangolin. Un papa pangolin. Et il était très triste. Et il était très triste parce que ses enfants, deux petits bébés pangolins, ils étaient nés sans écailles. Et les écailles ne venaient pas. Et le pangolin alla voir l'Homme Médecine, le sorcier comme toi tu dis. Et il lui dit:

- Homme Médecine; aide-moi. Mes deux enfants n'ont pas d'écailles. Les écailles ne viennent pas. Ils vont se faire manger par la civette.

L'Homme Médecine le fit asseoir et le regarda longtemps. Alors il prit son bâton et toucha les écailles du pangolin. Il lui dit:

- Qu'est ce que c'est ça ?

- Ce sont mes écailles, Homme Médecine.

- Et depuis quand tu les as, ces écailles ?

- Depuis que je suis né.

- Et qu'est-ce que tu as fait pour les garder belles et bonnes ?

- ...? Rien...

- Voilà: tu n'as rien fait! C'est pourquoi tes enfants n'ont pas d'écailles! Tu devais toujours prendre l'argile, la mettre sur tes écailles et la laisser sécher au soleil. Comme tous les pangolins font pour avoir de belles écailles.

- C'est vrai, dit le pangolin, je comprends. Mais maintenant, qu'est-ce que je peux faire ? Peux-tu m'aider ?

Le sorcier le regarda et réfléchit longtemps. Alors il dit:

- Oui. Je vais te préparer un gri-gri. Mais c'est beaucoup de travail. Et ça dure longtemps. Et ça va coûter cher. Écoute-moi bien... Il faut que, chaque nuit, tu traverses la rivière. Tu vas à la mine d'or. Tu grattes, tu grattes, tu grattes.

43

Tu trouves la pépite. Et douze fois tu vas, tu grattes, tu trouves la pépite.

Pangolin sait bien gratter, mais il n'aime pas du tout l'eau! Quand même, il dit oui.

- Mais, Homme Médecine, cela va me prendre douze nuits: je ne puis porter qu'une chose à la fois, et la mine est loin.

- Oui, dit le sorcier, mais c'est le temps qu'il me faut aussi. Regarde: je devrai te faire un gri-gri comme celui-là, avec deux dents de lion, des poils de singe, la langue du serpent et le sang de la roussette.

Le pangolin avait peur pour ses enfants. Il accepta et dès le soir venu il partit pour sa première expédition. Chaque nuit, il a trouvé une pépite et l'a ramenée au sorcier. La huitième nuit, comme il revient, il grimpe le bord de la rivière et juste sur son chemin, là devant son nez, il trouve un gri-gri. Un gri-gri perdu. Exactement comme celui que le sorcier lui avait montré. Alors... le pangolin a hésité! Peut-être, il pouvait prendre ce gri-gri. Peut-être il était là pour lui? Il a pensé beaucoup. Il savait bien qu'il devait faire quatre voyages encore. Alors il a laissé sa pépite, il a pris le gri-gri et l'a ramené au sorcier.

- Tiens, Homme-Médecine, j'ai trouvé ce gri-gri sur mon chemin. Sûrement, c'est toi qui l'a perdu.

- Tu as raison pangolin, c'est à moi. Mais, dis-moi, pourquoi tu ne l'as pas gardé pour le mettre chez toi?

- Tu m'as dit: je dois faire douze voyages et ramener douze pépites. Tu m'as dit: il faut du temps et du travail. Alors j'ai pensé: ce gri-gri-là ne peut rien faire pour moi.

- Et tu as eu raison: je l'ai préparé pour autre chose, pour une autre personne. Va maintenant, et finis ton travail.

Le pangolin fit ainsi. Après la douzième pépite, il reçut son gri-gri à lui. Et quand il arriva chez lui ses enfants étaient déjà tout couverts d'écailles.

- Voilà, dit Mama N'Dolé, ça c'est l' histoire du pangolin comme mon grand-père me l'a racontée. Tu veux encore un café?

- Mm... Oui! ... c'est une belle histoire, Mama N'Dolé, je comprends bien. Mais, tu vois, je comprends aussi que ces gens qui ont envoyé le beurre, ils en ont trop chez eux, alors ils veulent le partager.

- Ha! Ra! Mais ça c'est une autre histoire, dit la vieille en faisant mine de cracher par terre, s'ils veulent faire cadeau, ça c'est très bien, mais, alors, il faut faire les choses convenablement: il faut d'abord qu'ils viennent ici. Qu'ils apportent la dame-jeanne de vin de palme et deux poulets. Alors, on apprendra à se connaître. Et si, avec le temps, on se connaît bien, alors on décidera du jour de la grande fête, au moins deux lunes plus tard.
Et ce jour-là, ils pourront apporter tous leurs cadeaux. Le beurre, la farine, même les vaches s'ils veulent. Et alors, on amènera toutes les jeunes filles du village. On les lavera, on les parfumera, on leur donnera deux robes et un pot de terre cuite à chacune. Et ils pourront choisir. Et ils prendront les filles et leur feront des enfants. Et alors, on pourra vraiment partager.

Pit se mit à rire à l'idée de cette fantastique fête de la famille universelle. L'idée était belle. Et certainement c'était la façon dont ici les choses devaient se faire. On ne fait pas de cadeau aux hommes libres, seulement des partages, des échanges rituels de bons de procédés!

- Je te comprends, Mama N'Dolé. C'est une bonne idée. Mais tu vois, je crois que tous ces gens ont déjà une femme chez eux. Et des enfants.

- Et alors? s'exclama Mama N'Dolé, en haussant les épaules, s'ils ont trop de beurre et de tout ça, qu'ils vendent leurs vaches, ou alors qu'ils viennent ici pour faire encore plus de famille. Ils n'ont qu'à dire chez eux: "Tu es la première femme, tu resteras la première femme. Tes enfants sont les premiers enfants, ils resteront les premiers enfants. Mais, maintenant, je suis assez riche et nous pouvons commencer d'autres familles avec d'autres femmes et d'autres enfants, là-bas dans la vallée du Niari.

- Oui, Mama. Tu as sûrement raison...

Pit était un peu embarrassé par le tour philosophique que prenait la conversation. Il préférait continuer à taquiner la vieille:

- Mais dis, Mama, tu me parles de ces belles filles nubiles... Mais moi quand je suis seul, je ne trouve que ces danseuses à la buvette, qui me font payer la bière, qui ont des faux cheveux, et qui me demandent l'argent si je veux mettre ma joue contre leur joue pour danser près.

- Ha, Ha, Ha! Mais, elles, ce sont des yéyés, tu sais bien. Es-tu allé au village offrir la dame-jeanne de vin et les poulets, et le wax pour la Mama?

- Non... Je n'ai pas fait cela encore.

- Et pourquoi?

46

- Oh, c'est difficile à expliquer. Quand je suis arrivé ici, j'avais une femme moi aussi.

- Et où elle est ta femme?

- Oh... elle est partie. Très loin.

- Eh, tu vois: alors tu n'as plus de femme.

- Si... Elle est partie mais c'est toujours ma femme.

- Alors où elle est?

- Je t'ai dit: très loin, à l'autre bout du monde, là où est son travail.

- Alors, tu n'as plus de femme. Tu dois en choisir une autre.

- Oui, peut-être. Mais, chez nous, il faut d'abord voir les anciens et leur dire que nous voulons nous séparer.

- Oh la la ! Elle est partie de l'autre côté du pays et tu veux encore la répudier? Vous alors les blancs, vous faites la complication.

Le ton de Mama N'Dolé était nettement désapprobateur et Pit comprit que la conversation était finie.

Il paya son petit-déjeuner et reprit le volant.
Après encore deux heures de route la savane de plaine fit place aux premières collines, puis à d'autres, de plus en plus escarpées. La Land-Rover sautait de roche en roche, à vingt à l'heure, la plupart du temps en crabotage.

Pit essayait de se réjouir à l'idée de retrouver ses amis à la mine, et surtout Elisabeth, mais il ne pouvait s'empêcher de ruminer les commentaires de la vieille.

Suzanne d'abord, la vieille ensuite, décidément c'était comme si tout le monde pouvait lire sur son front.

Finalement, il arriva à l'embranchement et s'élança sur la piste des camions pour franchir le dernier col avant la mine. La mine de M'passa est réellement un chromo de la mine d'époque coloniale. Elle est située dans un énorme cirque de montagnes, à même la pente des contreforts.

En arrivant, on gravit d'abord une piste qui traverse la cité ouvrière, amoncellement d'habitations cubiques en parpaings chaulés, alignées au cordeau en plusieurs rangées et dont les fenêtres carrées, garnies de barreaux croisés, accentuent encore l'allure de prison. Plus haut, l'espace technique avec ses grues, ses bandes de transport et les énormes bacs de flottation du minerais.
Un peu plus loin, quelques quais de chargement, deux ou trois crassiers et partout le hurlement des boîtes de vitesses démultipliées des énormes camions-bennes tellement battus et rebattus par les collisions qu'il semble fantastique de les voir rouler.

Plus haut encore, les rails du Decauville pénètrent au cœur de la montagne par deux énormes tunnels et, à même hauteur mais surplombant la vue imprenable sur la vallée, les bureaux et une dizaine de villas cossues, installées en terrasse sur des jardins suspendus où palmiers et piscines apportent une fraîcheur inattendue et presque incongrue.

En peinant sur le dernier raidillon, la Land-Rover arriva en face de la villa d'Elisabeth et Marc.

- V - M'passa mine

Deux heures plus tard, la nuit était brusquement tombée et ils profitaient tous les trois de l'heure fraîche en sirotant un jus de goyave sur la terrasse.

Au loin dans la vallée, on pouvait voir les feux de deux petits villages et au pied de la montagne, un peu sur le côté, les dernières lueurs d'un feu de brousse qui s'éteint, faute de combustible.
C'est l'heure magique de l'Afrique. Le vol lourd des roussettes, ces grands vampires frugivores, partant en quête des mangues de la vallée, est déjà passé.
Dans toutes les directions, et plus ou moins distinctement, on entend s'éveiller les tam-tams. De temps en temps, un cri de fauve ou d'oiseau déchire la nuit.

Dès son arrivée, Pit fut accueilli par Elisabeth, heureuse d'avoir de la visite et des nouvelles de la ville. Durant les derniers kilomètres de piste, il avait eu un moment d'appréhension au souvenir de ses deux visites précédentes où la surprise avait été pour lui: les deux fois, Marc et Elisabeth étaient absents, partis en bivouac de chasse.

Il se souvenait, comme d'une brûlure encore vive, de la solitude qu'il avait ressentie après l'effort de cette longue route, tout entier sous-tendu par l'espoir de voir Elisabeth. Et de l'anxiété aussi qui l'avait accompagné toute la nuit, dans cette chambre d'ami d'une maison vide, ouverte par le boy au nom de l'hospitalité africaine, mais où il n'avait plus aucune raison d'être.

Mais aujourd'hui, pas de doute: elle est là. Et, dès son premier regard, Pit ressent à nouveau cette liquéfaction complète de toutes ses tensions, cette souple détente des crampes de son âme, en une dévotion admirative. Pour Pit, Elisabeth était belle, intensément, mais surtout elle avait, en plus, cette dimension mystérieuse qui fait penser au caractère sacré des vestales et des princesses cathares. Elle avait les traits purs. Sa figure était dissimulée, et soulignée à la fois, comme un petit tabernacle, par deux tentures entrouvertes de cheveux blonds, étincelants comme un alliage secret de cuivre et d'or. Ses yeux surtout, gris vert, le regard toujours un peu perdu, cristallisaient, pour lui, les spirales cosmiques des plus profonds mystères.

Il ressentait pour Elisabeth la même dévotion subjuguée qu'il avait pour certaines jeunes communiantes chrétiennes, à peine pubères. Avec, en sus, la paix de deviner qu'ici le tabou n'était pas imposé par une quelconque loi naturelle mais bien plutôt par l'architecture consciente de sa propre volonté. Après un rapide rafraîchissement, ils étaient partis à la mine à la recherche de Marc. Ce n'était qu'un prétexte car Pit n'aurait jamais voulu manquer cette visite au ventre de la terre.

Pour Pit c'était un plaisir brut, sans besoin d'intellectualisation. Il était attiré par cette mine. Il s'y sentait simplement confronté à la matière brute de la terre. Il aimait l'image de recherche, de quête, que donne le réseau des galeries, apparemment désordonné, creusant dans toutes les directions pour découvrir les gisements de trésors. Et il y voyait clairement, sans le conceptualiser, que plus il s'enfonçait et plus il s'approchait du noyau central d'énergie, et à la fois de lui-même.

Elisabeth avait fait préparer, à la dernière minute, un petit barbecue de brochettes de bœuf. Le ranch voisin produisait une viande de N'Dama juste assez ferme et très goûteuse. Pit s'est offert à les faire griller. Il a, pour les brochettes, une théorie culinaire de "blitz cooking": feu d'enfer et cuisson très brève, en mobilité constante entre le centre et la périphérie de la fournaise. Il officie comme un organiste fou dans une toccata infernale. La face rougeoyante, les sourcils toujours un peu brûlés, les mains protégées par de grosses moufles de cuir, il a monté une fournaise de forgeron et fait valser les brochettes pour les cautériser de toutes parts, par petites touches brèves, jusqu'à obtenir une croûte mordorée mais en évitant soigneusement toute carbonisation.

Comme en chaque chose qu'il aime, il se donne entièrement. Et bientôt ce n'est plus une toccata, c'est un concerto qu'il dirige avec passion. Quand il joue ainsi, la moindre fausse note, le plus petit morceau de viande brûlée, l'auraient anéanti. Mais il agit dans une espèce d'état second et, comme d'habitude, sa jonglerie réussit.
Malgré tout ce cirque, il faut l'admettre: les brochettes sont très bonnes.

- Je me sens bien chez vous. Cet endroit a quelque chose de magique. Je suis sûr que d'y vivre n'aurait pas le même effet que d'y venir comme je fais, en pèlerinage, mais chaque fois j'ai envie d'y rester. Et aujourd'hui je suis triste de penser que je n'y viendrai plus ...

Marc est amical:

- Tu trouveras certainement d'autres endroits magiques... Surtout si tu vas en Asie comme tu l'expliquais.

- Je ne sais pas encore vraiment où j'irai.

- La magie est partout, dit Marc. La magie est partout car elle est dans la démarche.

- Oui, Marc! Mais ce ne sera plus la même chose. Excuse-moi: parfois la sincérité fait mal et j'espère ne pas vous heurter mais... pour moi, c'est différent: depuis un an, chaque fois que je me sens mal dans ma peau, je viens jusqu'ici. C'est pour ça que vous m'avez vu assez souvent, et toujours sans prévenir. Tu comprends: je suis follement (je dis bien: follement, je suis conscient de ma folie!) amoureux d'Elisabeth... Chaque fois que j'arrive ici, je suis comme un amant éploré. J'arrive très avide. Et chaque fois je suis subjugué et j'en deviens une espèce de page courtois.

Elisabeth se tait. Pit ne saura jamais ce qu'elle pense à ce moment. Elle a l'air absente.

- Je crois que je comprends, dit Marc. Cela m'est arrivé jadis, en Suède. Je l'ai plusieurs fois raconté à Elisabeth. Mais je continue à croire que cela fait partie d'une quête personnelle. Elisabeth est très femme, très lunaire. Et peut-être est-elle pour toi l'image unifiée de cet ordre naturel et spontané que tu as découvert en Afrique et que tu cherches encore à intégrer?

Elisabeth intervient, un peu rêveuse:

- Tu expliques bien Marc, mais tu intellectualises. Or la question est de l'ordre de l'existentiel. Si nous soignions plutôt la qualité du moment? Je propose une fête pour le départ de Pit: j'envoie la sentinelle chercher les musiciens à la cité?

- Merveilleuse idée: cette nuit est parfaite pour la musique. Tu verras Pit, ils sont vraiment très bons. On ne penserait pas trouver cela dans une mine. Encore une leçon! Et, tu sais, tu as eu raison de parler d'Elisabeth: il ne faudrait pas que tu bloques le processus de ta recherche par une restriction mentale, un mur dont tu serais à la fois le maçon et le prisonnier. Elisabeth est libre. D'ailleurs ma remarque est stupide: nous sommes tous libres. Nos prisons sont celles que nous bâtissons, par égocentrisme ou, plus souvent encore, par crainte, par manque de foi dans la vie... Je te sers à boire?

- Non, je voudrais garder mes sens éveillés pour cette musique que tu me promets si bonne...

- Tu as raison. Mais alors, je vais chercher de l'herbe.

Il revint avec une petite boîte à cigares à demi remplie d'un peu de chanvre local.

- Vois-tu, je n'aime plus les débordements des plaisirs faciles et des oublis matraqués. Mais je crois que toutes les drogues sociales connues et acceptées dans l'une ou l'autre partie du monde, l'alcool, l'opium, le tabac, le chanvre, toutes peuvent être utilisées avec discernement. Elles ont chacune un effet spécifique d'élévation d'une strate de conscience vers une autre. L'opium permet de dépasser la douleur physique, l'alcool fait entrevoir la possibilité d'extraversion de l'ego aux frontières de l'univers, et le chanvre, lorsqu'il accompagne la musique, peut ouvrir les premières portes de la méditation contemplative. Les orientaux ont étudié tout cela, au niveau de leur conscience de la pensée et des sensations. Si tu vas là-bas, tu découvriras d'insondables richesses, à cent lieues du registre de nos petites spéculations dialectiques.

Pit découvrait un Marc beaucoup plus profond et humain qu'il l'avait imaginé. Il commençait à réaliser que, plus il s'ouvrait aux autres, plus il se découvrait entouré d'une grande famille où chacun cherche, à sa manière, la quadrature du cercle.

Quelques coups de tam-tam retentissent au bout de la terrasse. C'est Elisabeth qui revient avec trois musiciens: deux joueurs de tam-tam et un troisième, plus petit, avec un énorme instrument à corde qui rappelle un peu la cora sénégalaise. La caisse de résonance, en bois creusé, est prolongée d'un arc sur lequel se tendent des cordes métalliques de diverses longueurs. Des motifs de toutes formes, découpés dans de fines feuilles de métal, tintinnabulent çà et là.

Les artistes acceptent un verre de vin, se mettent à l'aise, et rapportent en riant les mille et une nouvelles de la "radio trottoir" de la cité ouvrière. Les coups frappés, de temps en temps, sur les tam-tams, bientôt s'accélèrent et se relient en un rythme qui prend forme. Et les voilà qui jouent, sans pour autant s'arrêter de parler. C'est réellement une Jam, à l'africaine. L'effet des sons est puissant. Et c'est soudain comme si tous les bruits de la journée, toutes les pensées, toutes les pulsions de vie de ces dernières vingt-quatre heures, s'intégraient dans les vibrations de cette musique. Les tam-tams partent d'abord en frappés secs comme une collection de sons élémentaires, du domaine minéral. Mais les peaux s'échauffent, les mains se centrent et l'air se met à vibrer dans un rythme binaire, vivant, et profondément sexuel. Pit sent que son ventre se met à trembler, puis peu à peu à vibrer, en phase avec les tam-tams, sans même que le son doive faire le détour des oreilles. Puis les tam-tams passent à l'arrière-plan et les cordes de la cora se lancent dans une longue mélopée. L'instrument semble créer des sons plutôt que de les reproduire. Ces sons-là vont directement à la tête, et c'est comme s'ils ouvraient des tiroirs inconnus du cerveau. C'est une fabrication de sons gigognes, et bientôt il est impossible de dire quelle vibration en a induit quelle autre. Est-ce le pincé des cordes courtes qui entraîne la stridence céleste de la plus longue? Ou est-ce le tam-tam qui l'a éveillée à travers la vibration des rubans de métal? Peu importe, car c'est l'ensemble concertant qui grandit maintenant.

La musique, qui n'apparaissait d'abord que comme une succession de motets monotones, s'articule en un ensemble de pulsions. Un être vivant commence à respirer. Comme le ressac de la mer, qui bat la mesure. Et au moment où, dans ces respirations, Pit commence à deviner une super onde porteuse qui règle des intensités progressives pour en faire comme une symphonie, le tout s'arrête brusquement et laisse la place au silence de la nuit.
Et c'est dans cet espace vide que chacun créé alors, réellement, la musique silencieuse de la vie.

*

Soudain une sirène déchire l'harmonie du moment. Tous trois se réveillent pour réaliser que les musiciens sont partis. C'est la sirène d'alerte. Marc se précipite sur son téléphone et appelle le bureau. Il y a eu un accident dans la galerie quatre. Celle-là même qu'Elisabeth et Pit visitaient cet après-midi.

Très vite, ils sont au bureau où le radio lance déjà ses appels.

- C'est Kokolo, le contremaître de l'équipe de nuit. Accident de wagonnet. Le pied est pratiquement coupé et il perd tout son sang. Il est à l'infirmerie pour se faire garrotter et pour préparer son évacuation.

Le radio a enfin établi le contact. Il faut prévenir Frank d'urgence, le trouver où qu'il soit: il est le seul à pouvoir venir de Pointe Noire avec son Cessna, en pleine nuit. Après quinze minutes interminables, on a Frank au micro.

- Allo? Ici Frank. J'écoute.

- Frank? Salut. C'est la mine. Marc ici. On a une urgence. Un pied coupé. Pour l'hôpital aussi vite que possible.

- O.K. L'avion est prêt. Vous descendez le blessé sur la piste 3, dans la plaine, et vous allumez les feux.

- Frank... on n'a pas le temps. La route est trop mauvaise, il n'arrivera jamais vivant à la plaine.

- Qu'est-ce que vous proposez?

- Ça dépend de toi. Tu es seul juge. Mais, si tu veux, je peux faire débarrasser tout le faux plat devant les bacs de flottation.

- Ça fait quelle longueur et quelle pente?

- Trois cent cinquante mètres. Dix pour cent.

- Et la nuit, dans la montagne! Je commence à comprendre pourquoi vous vouliez papa Frank. O.K., banco! Je veux bien faire mon numéro. Et pour repartir?

- Je peux te faire cent mètres de plus entre les cases dans la cité mais pas plus de vingt mètres de large.

- Le vent?

- S'il ne tourne pas, tu as le vent de plaine. Tu l'auras dans le nez pour repartir.

- Et sinon?

- Après la traversée de la cité, la piste tourne juste vers la plaine. De toute façon, je crois que c'est la seule chance pour Kokolo. Tu pourras juger toi-même des possibilités de re-décollage.

- O.K., Cinq sur cinq. Bien compris. On le jouera en tout ou rien. Dégagez la piste au maximum. Amenez tous les éclairages possibles et j'arrive avec mon Boeing. Je devrais être là dans une demi-heure. Si l'éclairage est bon je me poserai au deuxième passage. Sinon, contact radio. Over.

Il ne s'agissait plus de spéculation philosophique, ni même d'existence, mais simplement de survie. Chacun trouvait normalement sa place dans la solidarité du groupe. Kokolo était un des plus vieux et des plus fidèles contremaîtres, mais sans aucun doute la même machine se serait mise en route pour le plus jeune des mineurs. C'est l'esprit d'équipe, l'esprit de corps qui seul permet à ces pionniers de survivre en autarcie, presque coupés du monde, et d'y accomplir leur tâche.

Sans aucune hésitation de part et d'autre, Pit trouvait sa place comme si même le rôle du visiteur de passage était inscrit dans la procédure d'urgence.

- Pit, je fais dégager l'esplanade, prends un walkie-talkie, reste en contact avec moi. Prends Elisabeth avec toi et faites placer tous les véhicules disponibles en éclairage, en épi de trois-quart vers le haut pour ne pas l'aveugler. Et surtout, surtout, soignez l'alignement pour qu'il le voie clairement de là-haut.

- O.K.!

Alertés par la sirène, tous les hommes des équipes au repos étaient devant les bureaux. Pit et Elisabeth firent grimper quinze chauffeurs sur le plateau d'un pick-up de chantier et ils montèrent ensemble à l'entrée de la mine où la plupart des engins et camions étaient rassemblés.

Chacun reçut un véhicule et un point approximatif à rejoindre.

- Elisabeth, tu prends le Dodge et tu les alignes à gauche. Je prends le GMC et je les aligne à droite.

- O.K., à plus tard.

Elle s'approcha de lui et lui posa un baiser, rapide mais net, à la commissure des lèvres:

- Sois prudent.

Pit n'avait pas le temps de se laisser distraire, mais ce baiser inattendu fut simplement une puissante recharge de toutes ses batteries.
À travers la magie de ce contact, tout en lui se mettait en place pour un travail maximum. Et à ce moment si on lui avait dit que son camion était un hélicoptère, il l'aurait fait décoller!

Dix minutes plus tard, les camions sont alignés de part et d'autre. Presque aussitôt, le walkie-talkie de Pit se met à grésiller:

- Allo, Pit? Allo, Pit??

- Oui Marc, je t'entends.

- Ça va chez toi?

- Ça va : les deux rangées de camions sont alignées.

- Élisabeth est avec toi?

- Non. Elle a pris le Dodge. Elle est en face.

- Bien. Tout de suite après le premier passage de Frank, j'allumerai un projecteur en bout de piste. À ce moment, assure-toi que personne n'éteigne ses phares. Que tous les camions gardent les codes allumés, moteurs tournants.

- O.K. Je passe la consigne.

- O.K. Over.

Quelques instants plus tard, on entend le faible ronronnement du Cessna. C'est un peu dérisoire de l'imaginer là-haut, perdu dans la nuit, et de l'attendre sur cette piste de fortune, presque à flanc de montagne.
Cependant, comme mystérieusement guidé, le ronronnement se rapproche. Bientôt on peut voir ses petites lumières. Il fait un passage très haut, pour bien prendre l'axe tout en évitant de trop s'approcher des collines, presque invisibles dans la nuit.

Il tourne largement pour aller reprendre son axe.

Soudain, le projecteur s'allume et pose sur la piste un pinceau de lumière blanche et crue qui en souligne tous les défauts.

Pit s'étouffe:

- Nom de dieu! ... Marc ! Marc!!

- Oui, ici Marc, j'écoute. Qu'est-ce qu'il y a ?

- On dirait qu'un des bacs a débordé. Il y a un bourbier de quelque vingt mètres sur dix, cent mètres avant le bout de la piste.

- Merde ! J'appelle Frank.

Une interminable minute plus tard, Pit réentend la voix de Marc, angoissée cette fois:

- Pit, je n'ai pas le contact. Il doit être en approche. Il a tout coupé. Je ne comprends pas pourquoi!

- Holy Shit!!

- Pit, vite! Tu m'as dit que tu es dans le GMC ?

- Oui.

- Regarde derrière-toi : tu dois avoir un chargement de grosse grenaille, du 20-30

- Affirmatif.

- Tu sais benner ?

- Oui... Assez bien.

- Assez bien ne sera pas bien assez. Grenaille-moi ce trou sans aucun monticule. Recule d'abord une bonne trentaine de mètres et commence à benner bien en dehors de la piste. Surtout ne t'arrête pas. Dépose-moi un beau tapis. Fonce!

Pit n'en croit pas ses oreilles. Il pense déjà percevoir le bruit du Cessna, mais ne prend même pas le temps de regarder.

Il s'énerve un moment pour trouver la marche arrière. Ce n'est pas comme cela qu'il y arrivera! En deux secondes, il se calme et se concentre. Il se sent figé de ce côté de la piste. Il voit devant lui, de l'autre côté du fleuve de lumière, la silhouette d'Elisabeth au volant du camion. Dans son esprit, confusément, Elisabeth se fond dans la face totémique de la calandre grimaçante du Dodge. La lumière crue projette sur le sol les ombres de deux grues qui font comme deux longues jambes, de part et d'autre de la fleur ovale d'argile molle et détrempée.

Pit s'identifie à son GMC qu'il a reculé pour prendre son élan. Du pied, il caresse l'accélérateur par petits coups pour maintenir le régime du moteur. En même temps il saisit à pleine main le manche de bakélite de la commande du vérin de relevage. Il la lève, la descend, la remonte, pour régler très exactement la poussée.

Par la lucarne arrière, il voit le gros piston lisse, baigné d'huile, sortir progressivement en glissant dans la large gaine de caoutchouc noir qui le lie au cylindre rugueux, jaune et rouillé, maculé de cambouis.

Pit fixe la tache ovale sur la piste. Il est obnubilé. Tous ses sens sont tendus vers un seul but: aller gerber sa grenaille blanche entre les plis et les ornières d'argile détrempée. Au moment où il sent que la masse de gravier entre en déséquilibre et va s'écouler, il arrête le vérin qui reste là-haut, tendu, vibrant sous la pression hydraulique.

61

Il entend le bruit du Cessna sur sa gauche. Tous ses gestes deviennent automatiques. Grâce au ciel, il ne calcule rien. Il a simplement tous ses sens complètement en éveil et laisse faire son instinct.

Un-beau-tapis-de-grenaille-dans-le-bourbier. Il va faire *cela*. Tout simplement. Exactement.

Il relance les gaz. Le GMC vibre, puis s'ébranle, en une accélération constante vers son but. A quelques mètres du bourbier, Pit accélère à fond. Il est arc-bouté, tirant de ses deux mains sur le gros volant rond, il est presque debout, les reins en avant. Quand il touche le bourbier, instinctivement il donne un coup de cul du train arrière qui lance le camion dans un virage dérapé dans la boue. La force centrifuge provoque une énorme gerbe étincelante.

À moitié aveuglé par le projecteur, il manque, dans son élan, d'aller emboutir Elisabeth et, debout sur le frein à la dernière seconde, il bloque le GMC nez à nez avec le Dodge. Il recule de deux mètres et faufile son camion, tous feux éteints, juste le long du Dodge.

Le temps de sauter de sa cabine pour grimper sur le siège passager à côté d'Elisabeth, et l'avion atterrit.

Frank est réellement un as de la voltige. Après une dernière approche, elle aussi légèrement dérapée sur l'aile, l'ange salvateur se pose droit dans l'axe tout en douceur. Il est déjà fort ralenti lorsqu'il aborde le bourbier.

Pit et Elisabeth, tendus, le voient crisser, sans encombre, dans la grenaille. Ils ont tous deux un énorme soupir silencieux de soulagement. Pit se rapproche d'Elisabeth, lui prend la main, et lui rend, très exactement, bref mais net, à la commissure des lèvres, son baiser.

- VI -   Kama Soutra

Le lendemain matin, Pit se réveilla étonnement tôt. Marc était déjà parti à la mine, mais Elisabeth dormait toujours et toute la maison était encore silencieuse.

La veille au soir, après que Frank se fut envolé avec son blessé, ils étaient rentrés sans mot dire et vidés.

Mais Pit avait encore longtemps lu, tout en sirotant un whisky-soda pour se tenir éveillé.
Dans la bibliothèque de sa chambre, il avait trouvé une très vieille édition du Kama Soutra et s'y était plongé avec le même excès de concentration monomaniaque qu'il avait mis plus tôt dans la tension nerveuse de l'atterrissage du Cessna.

Pour la première fois, le livre lui apparaissait plus fondamental que la vague liste de positions plus ou moins osées auxquelles, comme bien d'autres, il avait souvent fait de grivoises allusions.

Rempli de joie et de passion par son désir exacerbé pour Elisabeth et surtout, il le sentait bien cette fois, pour quelqu'un, quelque chose, au-delà d'Elisabeth, au-delà de la Femme peut-être, il découvrait un engouement nouveau pour l'antique description des cent et une façons d'équilibrer les fragiles composantes d'un couple.

Sous l'effet de l'alcool, et surtout de l'habitude de l'alcool au cours de ces dernières semaines, tous les repères sur lesquels il appuyait normalement la construction de sa logique s'étaient désintégrés. Ses nerfs, comme un écheveau de fils électriques dénudés de part en part, étaient prêts à partir à tout instant en un feu d'artifice de courts-circuits. Peut-être cela lui ôtait-il toute capacité de rationaliser, mais, en même temps, cela lui permettait de tourner vers toute chose les antennes d'une sensibilité survoltée. Il tentait désespérément de s'investir, en "tout ou rien", en "quitte ou jackpot", dans une intuition, une utopie, un mythe même, qui puisse se nourrir du désordre qu'il avait fomenté, et s'en servir comme d'un humus, d'une pourriture où puiser la substance d'une cohérence, d'une ligne de force, d'un sens quelconque qui soit vivant.

Et ce soir, ce livre. Imprévu et à la fois inévitable après la tension érotique de toute la soirée. Tout d'abord, il y trouve l'idée, présentée comme une évidence, que certaines femmes conviennent à certains hommes. Et réciproquement.
Il avait toujours pensé que l'amour était une simple question de choix et de dévotion: on tombe amoureux, on se passionne, on s'engage, et le reste suit. D'ailleurs, n'écrivait-il pas déjà à seize ans, qu'il souffrait d'être un prince amoureux de toutes et donc universellement trompé?
Et maintenant ce texte indien, célèbre mais rarement lu, vaguement sacré et pourtant tellement limpide dans son évidence: "L'homme au Linga d'Éléphant évitera de choisir une femme au Yoni de Lapine".
Texte d'un ouvrage ancien, seuls les ilotes voudraient le prendre à la lettre, comme s'il s'agissait d'une recette anatomique.

Cette évidence, aujourd'hui, limitait son choix, et donc le simplifiait aussi. Peut-être pouvait-il approcher certaines femmes sans devoir les regarder comme de potentielles moitiés? Cela rendrait la société moins exigeante autour de lui. Mais aussi, subrepticement, cela introduisait une autre étincelle d'espoir beaucoup plus concret: si toutes n'étaient pas de possibles épousées, peut-être Tina n'était-elle pas, moralement, une voie obligée? Cela, non seulement le sortirait d'un fameux cul-de-sac, mais surtout, lui ôterait des épaules une lourde culpabilité.

Et peut-être tout deviendrait-il plus simple s'il ne se croyait pas obligé de faire, comme il le fait depuis près de dix ans, tout ce qui est humainement possible pour que l'éléphant et la lapine partagent leurs projets et leurs plaisirs? Ou le lapin et la biche. Peu lui importe le jardin zoologique et ses implications fabuleuses.

La découverte du principe est tellement riche en promesses que pour la première fois depuis longtemps il s'endort, un peu saoul peut-être, mais rasséréné.

Et maintenant, le voilà éveillé, trop tôt, avec un demi enthousiasme, encore, et une demi couronne d'épines d'angoisse autour du cœur, déjà.

Il se souvient vaguement qu'il a trouvé quelque chose de paisible et de lumineux, mais ne sait plus quoi. En ouvrant les yeux, il a revécu le coup de rein qui fit gicler la grenaille dans la boue, mais il y trouve un goût de trop peu qui n'y était pas la veille et sur lequel se superpose, en fondu, l'image du visage de madone d'Elisabeth.

En se tendant vers la table de nuit pour prendre une cigarette, sa main touche le livre et, un instant, sa crampe à l'âme se détend: pour un court moment, hier soir (ou était-ce ce matin tôt?), tout a semblé clair...

Mais vite les rides reviennent, et avec elles une furtive moue de dédain.

Mille fois, pour le moins, l'alcool lui a fait entrevoir la voie du Graal mais chaque fois, le matin, le tunnel est obstrué sous l'amoncellement des éboulis de sa fierté perdue. Et sur les falaises refermées de l'inaccessible, les seules images de fissures sont les traces brunes et risibles de ses doigts écorchés.

Il saisit le livre pourtant, et le reprend là où il l'a laissé: page cinquante six...

Que l'objet de l'union soit le plaisir charnel ou au contraire un objectif spécial, on ne doit pas jouir des catégories de femmes suivantes: (...) une femme qui vous est liée d'amitié; une femme qui vit en ascète; et enfin, la femme d'un parent, d'un ami, d'un Brahmane lettré, ou du Roi.

Dans la brume matutinale de ses esprits, le fil de lumière semble vouloir ramener un peu de paix. Une partie au moins de celle dont il garde l'arrière-goût.

Elisabeth est l'épouse de Marc. Si, pour Pit, cela la plaçait outre limite, hors les murs, ce serait un problème de moins à affronter. Et, aussi, lui revient cette intuition qu'au-delà d'Elisabeth, au-delà de toutes, il y a autre chose qu'il lui faut atteindre.

Un jour, il y réfléchira. Mais pour ce matin c'est décidé: il n'y a plus d'Elisabeth qui tienne. Cette obsession-là, cette cristallisation parmi d'autres, il faut une fois pour toutes lui arracher les ailes.

Il relit la page et feuillette les chapitres lus avant de s'endormir. Il boit une petite gorgée du café que le boy lui a apporté sur la table de nuit, et s'habille.

En sortant, il passe devant la porte d'Elisabeth qui est entrebâillée. Il la pousse sans discrétion et jette un coup d'œil à l'intérieur.

Immédiatement, comme s'il s'y était préparé, il est terrassé par le sentiment qui se dégage de la scène.

A travers les rideaux de chintz vieux rose, le soleil matinal cuivre richement la chambre qui est toute lambrissée de lattes de sapelli. La tête de lit est une énorme inflorescence en bambou coudé. L'artisan africain semble avoir ajouté des signes de rigueur quasi initiatiques à l'exubérance de l'inspiration orientale.

Les draps, d'un pervenche un peu délavé, sont impeccablement tendus. Marc a certainement bordé religieusement le lit avant de partir.

Élisabeth est incroyablement paisible. Endormie sur le dos, les bras au-dessus du drap, les deux mains à plat, les longs cheveux flottant sur les épaules, elle est comme un gisant de Juliette elle-même qui viendrait juste de reprendre vie et chaleur.

Pit tombe à genoux au bord du lit, en adoration.

De tous ses yeux, des mille et deux cents yeux de tous les pores qui s'ouvrent, béats dans son visage, il contemple avidement les moindres détails du tableau.

Tout, et Elisabeth, est parfaitement adorable. Si seulement tout pouvait s'arrêter là. Avec et y compris le petit grain de lumière qui vient de naître du désir que, ici même, ce matin, deux libertés ne se disent pas au revoir. Ne se disent rien.

Avec une infinie délicatesse, Pit prend la main d'Elisabeth, la regarde et la repose sur le drap.

Il sort sur la pointe des pieds, repousse la porte à peine entrouverte et part sans un bruit.

La jeep grince un peu en s'ébranlant au point mort dans la descente. Ce n'est que tout en bas, presque à l'entrée de la cité dortoir qu'il met le contact et embraye.

Il accélère alors à gros bruit et part en chantant "Sunny", à tue tête.

- VII - Sunny

"Sunny...!"

Il le chanta durant toute la descente, jusqu'au pont sur le Niari. Mille et une variations de paroles, de rythmes et de tempo, de longues digressions jazzées, improvisées mais sans cesse reprises et retravaillées, le faisaient se pénétrer entièrement de cette chanson qu'il avait toujours aimée. Surtout depuis qu'il avait appris que Bobby Hebb l'écrivit au lendemain de l'assassinat de John Fitzgerald Kennedy, pour conjurer le désespoir et continuer à aimer la vie, malgré tout, alors que son propre frère, Harold, venait de se faire poignarder au sortir d'un night-club de Nashville.

Ce soir-là, le 22 novembre 1963, Pit s'en souvenait parfaitement bien. Il était à une soirée dansante qui avait spontanément tourné au deuil, puis aux libations versées sur l'autel du regret et de l'absurde. Le lendemain matin, Pit l'avait passé au lit avec la seule compagnie d'une bonne gueule de bois.

Et le matin suivant, un artiste, qui avait probablement souffert bien plus que lui, se réveillait pour regarder le lever du soleil et composer ce merveilleux hymne à la vie, ce chant d'optimisme malgré tout. Car la vie continuait, aussi riche, aussi grosse de promesses même, malgré ces deux meurtres imbéciles, qu'ils aient été l'accident de folies isolées ou l'aboutissement absurde de la grande folie des hommes, de tous ceux qui croient posséder la vérité des autres.

À dix heures, il arrivait au pont. À partir d'ici, la piste devenait plus fréquentée et moins roulante. Pit cessa de chanter mais continua à monologuer à haute voix, comme il en avait l'habitude lorsque des choses importantes lui sautaient clairement à la conscience sans qu'il ait pu, encore, leur donner une forme intelligible.

- Bon. Ça y est. J'arrive quelque part mais où? Je me sens tellement mieux qu'avant-hier chez Simone. Pourquoi? Je voulais voir Elisabeth. J'ai fait toute cette route dans l'espoir... dans l'espoir de quoi?

Apparemment dans le fol espoir que, par extraordinaire, elle soit seule. Que nous décidions d'organiser un dîner d'amoureux en tête à tête, avec smoking, robe longue et candélabres. Par miracle, nous nous serions découverts incroyablement proches: mêmes conceptions, mêmes rêves, mêmes désirs. Désirs !... Oui, bien sûr. Mêmes désirs partagés, identiques de part et d'autre, d'une merveilleuse nuit d'amour et de sexe.

Et insensiblement [fondu enchaîné...] Pourquoi fondu? Je devrai revenir là-dessus ...

Insensiblement donc, [fondu enchaîné] nous nous retrouvons douchés, parfumés, bercés de musique douce dans un lit aux draps de soie pervenche. Tiens! *pervenche*? C'est son lit donc?

Non. Si c'est son lit, c'est celui de Marc. À revoir...

Et comment eut été cette nuit ? Simplement parfaite.

Comment parfaite? Follement excitante? Non. Il est clair que l'excitation était avant: dans le luxe, le champagne, le caviar, dans le ciel d'Afrique, les quatre serviteurs noirs en livrée gris perle et boutons d'argent, apportant discrètement les plats sur un fond de musique de François-Adrien Boieldieu.

Non, pas excitante la nuit tant espérée. Unifiante plutôt, cosmique, violente d'immobilité, communiante en une paix parfaite... Et le lendemain matin, lever de soleil, optimisme, vitalité.

Et nous serions partis ensemble vers de nouveaux horizons. Ensemble pour toujours... C'était à peu près cela mon espoir. Mais je ne l'avouais pas.

Surtout pas à moi-même. C'était seulement comme un gonflement au niveau de la poitrine. Un élan instinctif. Une espèce d'érection de la gorge, qui m'aurait poussé dans le dos.

Définitivement sexuel. .. et pourtant... [fondu enchaîné] ... ?

Et maintenant je suis bien, même si rien de tout cela n'est arrivé.

Bizarre. Oui, j'ai dit bizarre, ma cousine, mais ce n'est pas si bizarre en fait. J'ai la paix. Et sans le remords, sans le problème. Qu'ai-je donc eu ? Je ne sais pas très bien... Certainement une énorme excitation hier soir. D'abord un paroxysme d'amour courtois. Puis l'orgasme de mon camion, symbolique mais vital. Et l'éveil inattendu à la lecture, aussi. Et ce message du livre, comme un cadeau...

Et le lit pervenche, je l'ai eu. Juste là, ce matin, en adoration parfaite. ("eu"?.. C'est une autre nature d'avoir. Il me faut repenser cela...)

Et pourtant je repars seul. Seul, mais en paix.

C'est fou.

J'ai peur d'être simplement capable de me leurrer. De soigner mon ego en interprétant le pire échec comme un succès d'un autre ordre.

En tout cas c'est décidé: j'arrête cette course folle et je file rejoindre Tina en Asie. Il semble que la paix intérieure corresponde, pour moi du moins, à un certain respect de mes engagements, une honnêteté, une éthique.

Peut-être Tina et moi pourrons-nous ouvrir de nouveaux territoires de chasse pour notre amour? Je sens que cela peut marcher.

*

Le barrage de contrôle était à cinquante mètres à peine. Pit crut d'abord à un accident et son attroupement habituel. Mais deux jeeps de l'armée étaient parquées sur le bas-côté de la piste juste avant le virage qui entre à Moundili. À côté des chevaux de frise bricolés en bois et barbelés, quelques sacs de riz formaient fortin et laissaient dépasser les canons inquiétants des armes automatiques. Plus inquiétants encore étaient les yeux trop brillants des représentants de l'ordre qui avaient le doigt sur la gâchette.
Militaires? Gendarmes? Ou simple milice populaire? Vu l'ambiance, cela se valait.

- Papiers de la voiture, passeport et laissez-passer.

Pit connaissait la musique. Il arbora son plus beau sourire et malgré la sueur de peur qui lui coulait entre les omoplates, il affichait un regard de bienveillante autorité:

- Bonjour, mon lieutenant, comment cela va-t-il à Moundili ?

- Je ne suis pas lieutenant. Je suis sergent. D'où venez-vous et où allez-vous?

- Je vais à Kobo pour vérifier les travaux du canal et ouvrir les vannes avant mon départ pour l'Europe.

- Vous êtes loin de la route de Kobo.

- J'ai passé la nuit à la mine de M'passa chez des amis.

- C'est un grand détour et la mine est tout près de la frontière... Je ne vois pas de laissez-passer.

- Je n'en ai jamais eu. Je travaille ici depuis quatre ans, tout le monde me connaît.

Les villageois s'étaient groupés autour de la Land-Rover, attirés par le théâtre toujours un peu excitant d'un Européen pris en tort. Le militaire se tourna vers la foule et la prit à témoin:

- Vous connaissez ce blanc?

Les curieux se pressèrent un peu plus. La foule immobilisait complètement le véhicule et, à l'appel du sergent, cinquante paires d'yeux au moins cherchaient à s'assurer de l'identité du "blanc". La plupart d'entre eux sont armés de coupe-coupe ou de sagaies.
Certains arborent un fusil à pompe de l'époque coloniale, mystérieusement resurgi de nulle part après vingt "désarmements complets de la population".
Mais le plus inquiétant est cet air d'avidité qui fige leur regard et l'impression très nette que plusieurs d'entre eux sont chanvrés jusqu'aux oreilles.

Les commentaires négatifs commencent à tomber: "Non, on ne connaît pas ce blanc". Aussitôt amorcé, chacun y va de sa réponse, sa remarque ou sa suggestion. Et c'est comme un grondement sourd qui monte et semble enfermer Pit et la voiture au-dehors de toute réalité.

- Jamais vu.

- Qu'est-ce qu'on va faire?

- Ça serait pas...

Et surtout un début de sourde mélopée formée du bourdonnement de toutes les remarques exprimées dans la langue locale et qui devient d'autant plus effrayante qu'elle lui reste incompréhensible.

Il est maintenant complètement trempé de sueur. Mais il s'efforce de ne montrer ni peur ni impatience.

- Demandez au préfet, ou à Mouayaka le moniteur d'agriculture, ou au bar Primus, eux ils me connaissent.

Le sergent ne veut rien entendre. Il se sent soutenu par la foule et ne peut reculer:

- Depuis le coup d'État, tout le monde doit avoir un laissez-passer spécial pour quitter sa résidence. Et je vois que tu es conseiller. Tous les conseillers de coopération doivent rester à Brazza à l'hôtel Soyouz. D'où viens-tu?

- Mais je l'ai dit: de la mine de M'passa.

- Où étais-tu hier?

- J'ai logé à Kindasi chez les ...

- Et pour aller de Kindasi à Kobo tu passes par la mine de M'passa ? C'est le chemin contraire. Si tu es dans le pays depuis quatre ans tu devrais savoir.

- Mais je t'ai dit que je suis allé dormir chez des amis.

- Oui, mais tu avais déjà dormi à Kindasi et la route de Kobo part de Kindasi. Dis la vérité. Que faisais-tu à la mine? Tu cherches à t'échapper du pays?

Pit commence à craindre le dénouement de cet interrogatoire.

- Mais non: regarde-moi: je ne suis pas armé, je ne transporte rien et tu l'as dit toi-même: je suis conseiller international. D'ailleurs je te l'ai dit: demande au préfet, il me connaît.

- Le préfet n'est pas là. Il est à la ville avec le gouvernement. Le bar est fermé et je ne connais pas de Mouayaka. Tu vas devoir me suivre. Tu es arrêté.

Pit sent qu'il est inutile d'insister. Le danger le plus concret c'est la foule qui se presse de plus en plus et commence à secouer son véhicule. Une étincelle, une réaction malheureuse et c'est la curée avec, plus que probablement, une sagaie anonyme qui finit malencontreusement dans son dos.

C'est la foule, bête, irresponsable, mais puissante comme un levain, effroyable sous toute latitude.

- Sergent, je vais vous suivre au poste jusqu'à vérification de mon identité par les autorités, mais je préférerais que vous mettiez un militaire dans ma voiture et que nous vous suivions car ce véhicule appartient à l'État et je crains de l'abandonner dans la foule.

- Bien. Moi, je vais venir. Les autres gardent le barrage.

Soulagé, Pit veut s'essuyer le front, mais arrête juste à temps: le mouvement pourrait être interprété comme un signe de peur. Cela serait dangereux.

Le sergent se fraye un passage dans la foule à grands coups de gueule et monte sur le siège du passager.

L'attroupement bloque toujours la jeep. Le sergent doit ressortir, il monte sur le marche pied et hurle quelque chose en dialecte. La forêt de sagaies s'éclaircit lentement et la Land-Rover s'ébranle.

Jamais Pit n'a été aussi doux avec un embrayage. Il regarde droit devant, craignant même de croiser un regard qui pourrait lire en lui une quelconque des émotions qui se bousculent furieusement dans sa tête: peur, rage, racisme, certitude que s'il relâche son contrôle, il foncera dans la foule. Et cela, sans aucun doute, ce serait le lynchage au prochain barrage, sans sommation.

La geôle de Moundili est sordide. C'est l'arrière-cuisine d'une annexe du poste militaire et, ne serait-ce son exiguïté, c'est une petite pièce anodine, sale d'abandon. Mais les troubles du moment, liés à la proximité de la frontière, l'ont exceptionnellement remplie bien au-delà de sa capacité. Dans ces dix mètres carrés, s'entassent, depuis quand? , treize hommes, quatorze maintenant avec Pit.

Sales, barbus de trois à quinze jours apparemment, Ils sont tous africains. Avachis sous la chaleur poisseuse, ils cherchent, autant que possible, à se rapprocher de l'unique lucarne ou de la grille qui a été récemment montée à la place de la porte. Ils semblent tous déguenillés mais, à mieux les observer, Pit se rend compte que c'est surtout un effet de la chaleur et de la crasse.

Assis dans un des quatre coins, un homme d'âge mûr montre encore qu'en temps normal il porte beau: les cheveux taillés de près, la peau saine et le regard clair démentent son allure de gueux. Mais lui aussi a depuis longtemps sacrifié sa chemise pour en faire des bandes à éponger la sueur et une sorte de turban qui, noué juste au-dessus des yeux, épargne la figure de l'irritation de trop l'essuyer. Cette impression d'être en face d'un groupe de brigands vient aussi du manège des treize paires de pieds nus. Sans cesse, ils étirent leurs orteils comme pour les empêcher d'être saisi dans la poisse innommable qui, au sol, fait déjà un bon pouce d'épaisseur. Une mixture indéfinissable de poussière, déchets de manioc, crachats, sueur, condensation ... Pas de déjection cependant: un grand seau est scellé dans le béton du sol, en plein milieu de la pièce, comme un encensoir qu'on vous secoue sadiquement dans la figure.

Lorsque Pit entre dans la pièce, poussé dans le dos par un fantassin un peu éméché, sa première impression consciente, au-delà du haut-le-cœur de répulsion, est la sensation de ses pieds nus qui chaloupent dans cette mer de fermentation puante.

Lui aussi, on lui a enlevé ses chaussures. Pas d'interrogatoire, pas de déposition, mais une fouille dont le raffinement ne pouvait être venu à ces spadassins que de la lecture de certains romans policiers riches en sadisme racoleur.
Après s'être mis nu sous l'ordre et les regards goguenards de quatre miliciens, Pit a dû se pencher, en appui sur une table, pour laisser le moins gradé, conscient de son privilège, fourrager longuement du majeur pour découvrir Dieu sait

quoi, une arme secrète peut-être, qu'il aurait dissimulée dans les sombres recoins de son rectum.

Outre la douleur bien réelle, Pit avait senti s'anéantir toute la sécurité liée à sa dignité. La Vie, jusqu'ici évidente, secourable, fiable pour lui qui avait toujours présupposé le respect de son intégrité, tout à-coup détournait les yeux et niait même l'avoir jamais connu.

Et c'est peut-être pourquoi il joue maintenant longuement avec ses pieds nus dans la crasse.
En se frayant un chenal entre les mégots visqueux, ses orteils cherchent à saisir le fil d'une sensation, d'un lien, aussi ténu soit-il, entre lui et cette Terre marâtre qui vient de l'abandonner.

Lentement, il regarde autour de lui, cherchant à identifier une logique quelconque à laquelle se raccrocher.

Très vite il réalise que le seul bien, la seule possession entre ces quatre murs, c'est l'espace. À la position de chacun, on devine les limites de territoire nées peut-être d'une autorité essentielle à chaque prisonnier, ou simplement de l'ancienneté de son incarcération. L'espace, avant tout autre considération.

L'un d'entre eux est presque allongé sur le dos, près du centre de la pièce. Seules ses jambes sont pliées et il semble dormir, la tête appuyée sur la dalle du seau hygiénique.

Pendant que Pit essaye de s'agripper moralement à quelque chose, un grand barbu se lève, se débraguette, et pisse bruyamment dans le seau presque plein. Les éclaboussures vérolent la figure du dormeur mais celui-ci ne réclame ni ne bouge: il tourne seulement la tête de côté, pose la joue sur son bras replié et tente de retrouver la respiration lente de sa somnolence.

Pit est sidéré. Il a toujours pensé qu'il a tellement reçu de la vie que, finalement, un certain détachement l'a mis au-delà du besoin. Mais ici, que lui reste-t-il? Un pantalon, une chemise, sale déjà, et pas même le courage d'un sourire ou d'un geste pour négocier le petit morceau de sol qui, avant ce soir, lui sera vital.

Qu'est-ce donc que posséder?

Et soudain, totalement incongrue, l'image d'Elisabeth lui vrille le cerveau comme un éclair de flash.

Élisabeth endormie paisiblement dans ses draps pervenche un peu délavés, sous son souffle à lui, Pit, à genoux.

On ne peut rien posséder.

Être peut-être? Mais qu'est-ce?

VENTd'ORIENT

Vase rituel (kalaça) - Laos, Cambodge.

- VIII -   René

Le DC 10 venait de décoller de N'Djammena et Pit était ému en contemplant par le hublot les portes du Sahara. Ces escarpements rocailleux, ces innombrables vallées fossiles, ce devait être une partie du Tibesti.

Adieu l'Afrique! Un jour, il le sentait confusément, il lui faudra venir se frotter à ce désert qu'il devinait quasi mystique, image difficile de l'absolu, complémentaire peut-être mais tellement différent de la luxuriance équatoriale et de son panthéisme enivrant comme un carnaval.

Il aurait voulu pouvoir réconcilier les deux, au moins en lui-même. Et la même phrase lui revenait à l'esprit, une fois encore, comme une obsession: être Bacchus et Orphée à la fois !

Avec un soupir, il se cala dans son siège, inclina le dossier au maximum et tenta de s'assoupir: en tout cas, pas de libations bon marché à trente mille pieds d'altitude, à coup de mauvais champagne détaxé et d'hôtesses pas même souriantes.

Il cherchait à rêver, par anticipation, ses retrouvailles avec Tina et décida que, quoi qu'il en soit, il ne pouvait les vivre réellement que sobre. Il s'endormit, terrassé jusqu'à la nausée par le mélange trop riche de ses souvenirs d'Afrique et de ses rêves d'Asie, comme par l'idée d'un curry sur une choucroute encore mal digérée.

*

Après une vague sieste, Pit se leva pour se dégourdir les jambes en marchant jusqu'aux toilettes. En revenant il s'arrête soudain, surpris.

- René! Mais que diable fais-tu dans cet avion?

- Moi, je retourne à Vientiane, mais toi?

À dix ans, René et Pit étaient dans la même classe dans l'école de leur petite ville d'Ardenne belge. La dernière fois que Pit avait eu des nouvelles, très indirectes, René était sensé gagner sa vie comme mercenaire au Biafra.

- Tu veux rire! Il y a des années de cela! Et puis "gagner sa vie"... à bien des points de vue, l'expression est assez risible, non?

- Excuse, Excuse! Après tout, tu n'as pas passé ton temps à m'écrire de tes nouvelles! Mais alors explique: d'où viens-tu, où vas-tu?

- Oh ... Il y a eu, comme tu sembles le savoir, le Katanga, le Biafra et quelques autres contrats du même genre. Mais, un jour, tu en as marre. Tu sais: encadrer en style commando des Africains qui n'ont aucune envie de se battre, faire toi-même, avec une poignée de copains plus ou moins tordus, le plus gros des accrochages, et tout cela pour à peine un peu plus que l'allocation chômage d'un ardoisier, ça n'a qu'un temps!

- Alors?

- Oh, rien de bien passionnant. Je suis resté en contact avec Jean Shramme, mais en choisissant mes contrats:

quelques petites opérations de déstabilisation, en principe bien préparées et pratiquement sans danger. Mais quand je me suis retrouvé à m'emmerder pendant trois mois sur une île du Cap-Vert pour finalement appareiller vers les Comores sur un chalutier portugais bon pour la casse... et tout cela pour un jour recevoir l'ordre de nous retirer alors que, à quatorze seulement, nous contrôlions parfaitement toute l'île... Ça a beau être sans risque, ça devient aussi sans intérêt.

- ... Et ?

- Et bien, tu vois: j'avais un bon souvenir d'un passage en Thaïlande, je me suis renseigné auprès de quelques amis, et j'ai choisi le Laos. Avec un de mes potes du Katanga, nous avons ouvert une salle de boxe qui fait un peu bar et parfois hôtel pour les hippies et les routards. Mais Georges s'est mis à fumer de la merde et je ne peux pas le laisser seul trop longtemps. Et toi?

- Oh! Moi ... C'est assez long à expliquer...

Pit était vraiment heureux de cette rencontre. Le fait de savoir que René serait à Vientiane était pour lui un énorme soulagement. Jamais il n'aurait imaginé, bien sûr, cette rencontre, mais il n'aurait pas pu imaginer meilleure surprise.

René était le type même du garçon qui avait toujours préféré vivre plutôt que de chercher à se conformer. Dès quinze ans, à peine atteinte la limite légale de scolarité, il avait quitté l'école au grand dam de ses parents, pour se faire garçon de course. Au premier appel sous les drapeaux, il avait répondu "Présent" et s'était engagé dans les commandos.

Au sortir de son service, tout naturellement, il était parti voyager, au gré des endroits où il pouvait exercer son nouveau métier.

Pit ne pouvait s'empêcher, aujourd'hui, de trouver cette approche très saine. Alors que lui-même avait continué à prétendre traduire Virgile et Hérodote, à l'école des Franciscains, tout en cachant sous ses cahiers "La Condition Humaine" ou "Les Chansons de Bilitis".

Après deux jours d'avion, sur trois lignes et après bien des escales, Pit commençait à se sentir un peu désemparé à l'approche, enfin réelle, de cette Asie si étrangère à ses routes africaines. Plus le terme du voyage approchait et plus il réalisait combien sa situation allait être différente.

- En bref, on peut dire que je vais rejoindre ma femme. Je vais expérimenter ce fameux rôle d'époux d'expert international... Je n'arrive pas très bien à l'imaginer, mais c'est ce que nous étions convenus, il y a déjà un an maintenant. Elle a rejoint son poste en avril, j'ai terminé mon contrat et me voilà! Tous frais de voyage payés, logé et nourri par la patronne, ça ne peut pas être mal?

- Mmh...

Il était clair qu'une telle position au sein du couple dépassait l'entendement de René mais tant d'années avaient passé qu'il n'y avait plus entre eux de réelle intimité et d'ailleurs, en pur ardennais, il n'était pas bavard.

- En fait, dit Pit comme pour s'excuser, je ne sais pas encore ce que je vais faire... Mais je suppose que quelques semaines de vacances seront les bienvenues... A quoi cela ressemble-t-il, là-bas?

- C'est bon. C'est vraiment très bon, crois-moi. On trouve de tout. Les Laos sont très gentils et le change au noir multiplie ta mise par trois ou presque. Mais je ne fréquente pas du tout les gens du milieu dans lequel tu vas entrer... Et, entre nous, je dois dire que je ne t'envie pas.

- Mmh...

Pit imaginait mal la réalité derrière cette description laconique. Mais il commençait à pressentir que le rôle d'expert consort ne serait peut-être pas le côté le plus enthousiasmant de l'aventure. Quoi qu'il en soit, rien sûrement ne l'obligeait à en faire plus que l'agréable: Tina se débrouillait toute seule depuis plus de huit mois. Pour le reste, il avait bien décidé de son programme: vivre. Découvrir cet Orient mystérieux à travers le contact direct. Sans contrainte professionnelle, il espérait pouvoir éviter à la fois la distance paternaliste des expatriés et l'angoisse de la finalité, si communément ressentie par le coopérant.

Mais, déjà, le jumbo commençait à descendre vers Bangkok.

- C'est comment Bangkok? Tu connais?

- Dégueulasse. Pendant la guerre du Vietnam, avant la création de la plage de Pattaya, la ville a servi de bordel à l'arrière des lignes américaines. Elle ne s'en est jamais remise. Ville de permissionnaires. Tout, absolument tout, y est corrompu, même les caresses des petites indochinoises, et cela il fallait vraiment que les chinois et les yank's s'unissent pour y arriver!

Pit ne comprenait pas bien mais n'osait pas demander des explications: il avait un peu peur de se montrer naïf, mais surtout il voyait naître devant lui, sous les quelques touches expressionnistes brossées par René, le tableau d'un monde un peu trop réel à son goût et pour le déchiffrage duquel trois ans de brousse ne lui fournissait que des codes très théoriques.

Il secoua les épaules: au diable les appréhensions, il s'était bien promis que le prochain lustre serait celui de l'Être. Donc de l'instant!

Ce soir, Tina. L'aventure du couple recommence.

- IX - Baci

Tous deux étaient assis sur les talons, mains jointes, face à un vieux Lao d'âge indéfinissable qui récitait des litanies incompréhensibles mais très douces.

Sept jours après l'arrivée de Pit, Tina avait organisé la cérémonie du Baci: entourés de près par des relations amicales tant laotiennes qu'européennes, tous assis sur des nattes jonchées de fleurs, ils suivaient la longue mélopée que le vieux sage égrenait en la rythmant doucement d'une sorte de danse ondulante du torse et des mains jointes. Le corps frêle, le visage mince et érodé par tant de moussons qu'il ne s'en souvient plus que comme du pouls du temps, il est assis, à côté de ses talons, les jambes en cédille sous son buste de roseau.

Son corps accompagne si bien sa complainte qu'il semble écrire la prière du bout du pinceau usé de sa maigre barbiche. Deux très jeunes assistants, garçons des ruisseaux, à peine propres dans leurs haillons colorés, ponctuaient de temps en temps le chant par de courtes phrases de khêne, un petit orgue à bouche en roseau.

Pit n'était pas à l'aise au milieu de ces gens et ces coutumes mal connues, mais il aimait confusément le symbole et la joliesse de la cérémonie. Le vieux était sensé rappeler et réintégrer en Pit toutes ses âmes perdues.
La tradition lao veut que le voyageur laisse ses âmes derrière

lui. Après un voyage ou une longue absence, il lui faut donc les réapprivoiser pour assurer la continuité de son être intérieur.

Sur les nattes et les tables, des grandes coupes en argent ciselé servaient de présentoirs à des arrangements floraux compliqués. Des milliers de boutons de fleurs étaient enfilés sur des aiguilles de bambou pour former, par la séquence de leurs formes et de leurs couleurs, des phrases rituelles, des prières muettes mais insistantes, murmurées à ces âmes pour qu'elles acceptent le bien fondé de l'absence et le désir sincère de leur offrir à nouveau l'hospitalité.

À la fin de la cérémonie, avant qu'ils n'aillent tous festoyer autour de douzaines de desserts parfumés, le vieux leur noua autour du poignet gauche trois torons de coton blanc. Le rituel veut qu'on ne quitte jamais ce bracelet, pas même pour se baigner. Le nœud obligerait d'ailleurs de rompre le coton. Lorsque le bracelet tombe de lui-même, d'usure et de saleté, les âmes sont sensées avoir finalement réintégré, en toute harmonie, notre pauvre carcasse.

Quatre jours plus tard, Tina lui annonçait sa décision de demander le divorce. Les âmes allaient devoir se battre. Ou alors le symbolisme était peut-être un peu simplifié?

Les confidences de Pit sur ses recherches amoureuses en Afrique et sa sombre quête aux relents trop fréquemment chargés d'alcool avaient rapidement épuisé le désir de Tina de mettre son amant à elle entre parenthèses et d'essayer de reprendre la construction de leur couple là où ils l'avaient laissée.

Le lendemain soir, en voulant se raser dans la salle de bain dont la porte était ouverte en un lapsus facile à lire, il tomba sur le spectacle de Tina et son amant partageant le même bain.

Elle était assise, le dos calé à sa bedaine ventripotente, tandis qu'il lui savonnait les seins comme un missionnaire malhabile. Elle lui semblait soudain un peu ridicule avec les marques blanches du bikini qui lui donnait une allure d'infirmière puritaine, mais son regard volontairement frondeur en disait long sur sa décision: plus jamais elle ne serait la déesse de Pit. Elle voulait vivre. Elle était entrée, elle aussi, dans une quête, mais cette fois c'était de sa vie qu'il s'agissait.

*

Pit arracha les brins de coton de son poignet et transporta sa valise dans la chambre de bonne, une petite annexe au fond de la cour.

D'ailleurs, quelles âmes aurait-il pu espérer adopter ici où il n'avait jamais vécu?

Cette nuit-là, il ne dormit pas. Il la passa tout entière à boire et à grossir un chagrin plein de ressentiments.

Le lendemain matin, il prit une douche dans la boyerie dont l'évier était garni d'un savon Palmolive de fabrication thaïlandaise, à l'odeur caractéristique, particulièrement forte. Jamais il n'oubliera cette odeur. Pour toujours elle lui prendra le plexus dans la morsure physique de l'incohérence.

Comment accepter cette situation absurde d'être répudié sans même un autre effort de dialogue qu'une cérémonie d'une autre culture? C'est comme un jugement dans une

91

sémantique inconnue: ni la langue ni la règle n'ont été précisées et l'on juge a posteriori. On ne peut qu'être perdant, on ne peut qu'être pendu. De là à imaginer que le coup était préparé de longue date...

Mais non, c'est trop facile de chercher des personnes responsables des surprises que la vie nous apporte. C'est la vie, c'est tout. Il y avait nécessairement quelque chose que Pit n'avait pas encore compris, une règle naturelle qui lui échappait encore.

Et pourtant, avec ou sans l'odeur du savon bon marché, consciemment ou non, quinze ans plus tard le ressentiment sera toujours vivant.

Vivre l'instant, dans ces conditions, prenait une tout autre tournure: vivre, était-ce vraiment une activité solitaire?

Pit avait l'habitude de la compagnie. Sa respiration exigeait encore l'air de la tendresse. Et son ressentiment, même injuste, avait besoin de s'exprimer...

- Tu sais, Pedro, je me demande ce que je fais ici. J'ai envie de chialer. J'abandonne tout: travail, contrat, amis, pour reprendre la vie commune dans un soi-disant paradis asiatique et qu'est-ce que je trouve? Je suis ici, seul, (ou presque, excuse-moi...), dans la buvette louche d'un chinois, devant une quatrième boîte de bière à peine buvable et à peine fraîche.

- Oublie ton divorce! Dans quelques jours, ça ira mieux. Crois-moi le pays vaut la peine d'être découvert. J'ai fait cinq ans ici, déjà, et j'apprends chaque jour quelque chose. Mais ne t'attache pas. Tu trouveras pratiquement toutes les douceurs, presque offertes et avec une réelle gentillesse. Tu n'as qu'à demander. S'il y a deux choses inexistantes ici, ce sont bien le puritanisme et l'hypocrisie. Mais ne t'attache pas. Regarde Giep: tu l'as vue chez moi, elle est belle, serviable, intelligente. Elle est aussi merveilleuse au lit, tu peux me croire. Mais elle mène sa vie.

C'est comme un contrat: elle veut aller en France et y faire des études. Je les lui paierai puisque c'est ce qu'elle désire le plus au monde. Mais que penses-tu qu'il arrivera? À Paris, elle trouvera bien mieux pour son avenir qu'un instit "colonial". J'en crève déjà de jalousie car je n'imagine pas que je puisse la remplacer, mais le moment venu je pourrai le faire.

J'irai quinze jours à Luang Prabang, fumer l'opium, et je reviendrai rebaptisé.

- Je comprends mal... mais de toute façon j'ai cette bête noire, cet énorme crabe qui me serre, là, au bas du sternum...

- Avant de te saouler complètement va au bar, (à propos le patron est vietnamien, pas chinois), et choisis-toi une fille.

- C'est ça : le cocu se saoule au bordel. Charmant! Digne!

- Vas-y, j'te dis: ta dignité, fous la toi en poche, c'est une fausse valeur. Quant au charme, essaye, tu seras surpris. Ici, du moins dans les petites villes de l'intérieur, ce que les Européens appelleraient de la prostitution ne connaît aucune culpabilité. C'est presque un devoir d'hospitalité. À peine un commerce. Un service plutôt, et tout à fait traditionnel.

- Mmh... Je verrai ça demain. Je commencerai peut-être par un massage... Tu sais, il se peut bien qu'elles n'aient aucune culpabilité, mais moi, en bon fils des écoles chrétiennes, j'en ai pour deux! Et sûrement assez pour me gâcher le plaisir. Ce soir, je vais me saouler la gueule. Mais avec quoi? Cette bière est de la pisse d'âne. Elle va me dilater l'estomac avant de m'enivrer!

La nuit tropicale était complètement tombée. La brise du soir poussait les odeurs des reliefs du marché matinal jusqu'à leur petite terrasse, quatre tables en fer et quelques chaises sur une estrade. À la table voisine, Boris jouait aux échecs avec un jeune chasseur allemand.

- Commande une bouteille de Vodka et je t'accompagne où tu veux!

- Non, Boris, pas ce soir. Tu crois qu'ils ont du Bourbon?

- Oui, hier encore ils avaient du Jack Daniels.

- Parfait! Pao ! Pao: une bouteille de Jack Daniels s'il te plait. Et quatre boîtes de bière.

Tu connais, Boris? Le champagne du pauvre: j'ai appris cela dans le ghetto noir de Chicago lorsque j'avais vingt ans. Tu bois une gorgée de bière et tu remplis la boîte avec du Bourbon Je ne sais pas par quel prodige, mais tu planes rapidement.

- Si tu veux planer, va te chercher de la ganja au marché demain matin, elle est de première qualité, et en vente libre. Le comité des femmes américaines n'a pas encore obtenu l'application des lois moralisatrices qu'elles ont fait imposer au Prince par leurs maris officiers.

- Qu'est ce que c'est que cette histoire?

- Un cauchemar.

- Mais encore?

- Oh, c'est répugnant: pas mal de conseillers militaires et culturels américains sont ici avec leurs épouses. Je ne sais pas si elles s'ennuient, si elles sont mal baisées, si elles sont irrémédiablement stupides, ou les trois à la fois, mais elles ne comprennent rien à la culture locale ni aux traditions du Laos.

- Tu es un peu dur, non? La marijuana c'est devenu un problème pour leurs enfants aux USA.

- Non, non! Ce n'est pas pour ça qu'elles ont commencé. Ce qui les a mis en branle c'est le Pimaï la fête du printemps …

- … ?

- Tu ne connais pas ?

- Non, pas encore. Raconte!

- En fait c'est le nouvel an lao. Trois jours de fête en l'honneur du printemps, du réveil de la vie. Je suis sûr que les mêmes bigotes suivent dévotement, dans leur Maryland ou leur Kentucky natal, les processions de la Laetare ou des Rogations qui, à l'origine, ont la même symbolique. Mais ici les dieux anciens expriment leur vigueur printanière en bandant de leurs énormes pénis de carton-pâte et chacun a le droit d'arroser ses voisins et voisines de larges seaux d'eau qui ne se cachent pas de symboliser le sperme des dieux. C'est une fête extrêmement joyeuse et sensuelle, fleurie et musicale, merveilleusement païenne. Les dignes épouses américaines ont envoyé délégation sur délégation, à toutes les autorités, jusqu'au palais. Le Prince les a écoutées avec un sourire condescendant, mais elles ont tellement remué ciel et terre que la coopération américaine a fait pression dans leur sens:

"Si vous voulez être dignes de recevoir nos avions et nos munitions pour lutter contre les communistes, faites cesser ces jeux malpropres !"

- Mais c'est criminel!

- Tu l'as dit. Et le plus absurde c'est que les mêmes bonnes femmes organisent, à chaque Noël, des fêtes de charité pour les populations locales avec cadeaux, Santa Klaus, sapins en plastique et neige artificielle!

- Tais-toi Boris, tu me donnes envie de vomir.

Pit se leva, la bouteille à la main, titubant quelque peu. Jack Daniels avait pris sur ses larges épaules les restants de culpabilité qui auraient résisté à cette flétrissure du puritanisme.

Il se dirigea vers l'intérieur du petit bar en tôle, en entrouvrant la tenture de raphia rouge qui semblait riche dans la lumière des lampions en papier de riz. Il n'eut pas à choisir car une des hôtesses vint tout de suite lui prendre gentiment la main pour le guider vers le fond, derrière un autre rideau rouge.

Le plancher est mal jointif et tremble un peu sur ses pilotis. Entre les lamelles de bois, on voit miroiter l'eau du canal, ou de l'égout. À Vientiane, la distinction est mal aisée.

La chambrette de tôles et de planches pourrait avoir l'air sordide, mais des guirlandes de fleurs en papier lui donnent une allure touchante. Une petite table en bambou, une cruche d'eau, un savon et un essuie-main font avec le lit natté un mobilier joliment exotique. La lumière de deux bougies, dans leurs lampions jaune et rouge, achève de créer le luxe. La nuit est chaude. Les crapauds buffles font un orchestre.

- Tu as l'air triste?

- Oui. Je suis triste.

- Viens près de moi.

Elle se déshabille et se couche en lui tendant les bras.

- Viens. Tu veux pleurer?

- Non... c'est une bonne question, mais je ne veux pas pleurer.

- Viens là alors, c'est chaud et c'est bon. Tu es fatigué. Tu as beaucoup bu?

- Oui je suis fatigué et j'ai trop bu. Peut-être devrais-je te laisser et revenir un autre jour.

- Oh non! Qu'est-ce que j'ai mal fait?

- Mais rien, rien du tout, je t'assure! C'est juste moi qui suis peut-être un mauvais compagnon...

Elle n'ajoute rien mais lui tend les deux mains pour qu'il s'allonge.

Pour la première fois de sa vie Pit prend plaisir à l'étreinte sans aucune arrière-pensée. Il n'a rien à prouver. Ni à elle, ni à lui-même.

Pour une raison qu'il comprend mal, mais qu'il devine bien plus complexe que ne le pensent les épouses américaines des conseillers militaires, il y a là une femme, libre, qui n'est en rien son reflet à lui, et qui désire lui plaire et le réconforter.

Comme une épousée d'une nuit qui lui offre, naturellement, hospitalité et repos.

Pit se réveille sans notion du temps.

- Tu es bien?

- Oui. Très bien.

- Tu veux partir?

- Non, j'aimerais rester...

- Alors mets ta tête ici sur mon épaule et dors. Tu peux rester: je préviendrai. Mais peut-être je serai partie quand tu te réveilleras, tu ne seras pas surpris?

- O.K., mais je ne suis pas sûr qu'il me reste beaucoup d'argent pour te faire un cadeau.

- Ça ne fait rien. Dors. Reviens demain soir. Ou un autre jour. Je t'attendrai.

- Mmh, comment t'appelles-tu?

- Sam.

- Sam? ça veut dire trois, non?

- Oui, j'ai deux sœurs, plus âgées. Dors maintenant, je vais souffler la bougie. Tu sais, tu es très doux.

Pit sourit:
- Tu es jolie. Tu as de beaux yeux. Mais surtout, tu es extrêmement gentille. Merci. À demain soir.

Merci...

- X - Bo péniang

La découverte de Vientiane était en route et dura plusieurs jours. Boris l'accompagnait, presque chaque nuit, de bars en bars avec quelques relâches dans des restaurants où ils ne manquèrent pas de provoquer le scandale en buvant la vodka à la russe, au grand désespoir des serveurs qui ne savaient comment arrêter ce massacre de verres.

Au petit matin, en attendant le lever du jour qui sonnait enfin la fin du couvre-feu, ils finissaient en jouant aux dés avec la patronne du "Purple Purpoise",

Au milieu de la troisième nuit, Pit se réveilla, seul, dans un lit inconnu, dans une maison vide qu'il ne reconnaissait pas.

Au mépris du couvre-feu et des patrouilles armées qui devaient le faire respecter, il décide d'aller dormir chez Pedro.

Il remonte la rue Sam Sen Thaï et arrive à l'avenue de l'Indépendance qu'il se met à traverser vers le marché couvert, car il se sent trop visible sous la lune.

Une jeep, tous feux éteints, démarre en vrombissant près du monument aux morts et dévale l'avenue dans sa direction. Pit se met à courir vers les ruelles du marché mais se rend compte, trop tard, que les venelles intérieures sont grillagées la nuit. Un sifflet retentit. Des sommations fusent, en lao et en anglais:

- Halte, ou je tire!

Déjà Pit enjambe une clôture de bambou et pénètre dans l'arrière d'un groupe de maisons populaires qui dressent leurs pilotis sur un klong nauséabond.

Un coup de feu claque dans la nuit et Pit entend la balle ricocher avec un bruit de cymbale sur le toit en tôle d'une maison, sur sa droite. Heureusement la lune est soudain voilée par un nuage, mais il ne peut plus distinguer les passerelles de communication et les terrasses privées. Son cœur bat la chamade. Il est trop tard pour reculer et se rendre: ces jeunes soldats ont la gâchette facile et, pour n'avoir pas obtempéré aux sommations, il est un homme mort s'ils le retrouvent.

Il court en trébuchant sur des passerelles de bambous et de planches qui oscillent dangereusement à deux mètres au-dessus des bouquets de jacinthes et des masses d'eau glauque et putride.

Des chiens aboient sur sa gauche, du côté de l'hôpital. Il oblique à droite sur une passerelle plus étroite encore, enjambe un balcon, renverse deux seaux qui font un soudain vacarme. Des voix furieuses éclatent dans la case voisine. Pit panique, il retourne sur ses pas en courant aussi vite que le permet l'obscurité, trébuchant tous les trois pas sur les planches mal jointes. Deux détonations déchirent la nuit, trop proches, beaucoup trop proches. Le feu aux tempes, Pit court maintenant aussi vite que possible au mépris des pièges des passerelles. Soudain c'est le cul-de-sac: terrasse à droite, maison à gauche, devant la nuit noire. Il saute et se plante des deux pieds dans la boue, de l'eau puante jusqu'à la ceinture.

Heureusement les jacinthes ne sont pas très denses à cet endroit. Il abandonne ses chaussures, sucées par la boue, et nage, droit devant lui en faisant aussi peu de bruit que possible.

Il entend les voix furieuses des soldats à moins de vingt-cinq mètres de lui. Il s'arrête, immobile, avec l'horrible impression que les bruits de son cœur s'entendent au loin.

Enfin les soldats s'éloignent. Il était temps car la lune réapparaît. Totalement dégrisé, Pit réalise que sa seule chance est de rester là, immobile, jusqu'à ce que tout le monde se rendorme ou abandonne définitivement la chasse à l'homme.

Un bon moment plus tard il se sent grelotter. Ses yeux sont habitués à l'obscurité et c'est avec une première lueur d'espoir qu'il réalise enfin où il est: là devant lui c'est le mur d'enceinte du Vat Prakéo, un des plus anciens, des plus grands temples de Vientiane.
Il a donc fait une longue courbe à travers l'arrière des maisons du marais, pour revenir dangereusement près de l'avenue, à hauteur même de la caserne.

Silencieusement il s'approche du mur. Son projet est d'arriver à se réfugier dans la pagode, d'y attendre le jour et de s'y sécher en espérant qu'une fois sec il pourra se décrotter suffisamment pour éviter d'attirer l'attention. Le mur est haut mais riche en interstices qui l'aident à grimper.

Au moment où il passe le corps au-dessus du faîte, une jeep sort de la caserne et s'engage dans l'avenue, phares allumés. Il se laisse tomber de l'autre côté, tête la première. Il a envie de pleurer, exténué, furieux d'échouer dans le dernier mètre. Mais il entend la jeep s'éloigner: ils ne l'ont pas vu!

Il se redresse, sans force, et titube jusqu'à la porte de la pagode. Elle est ouverte! Il se glisse furtivement entre les vantaux, trouve en tâtonnant deux nattes de prières, s'écroule dessus et s'y endort, aux pieds mêmes du grand Bouddha.

*

Le soleil est haut déjà quand il se réveille à la sensation d'une présence. Toute la peur de la nuit le submerge à nouveau.
Il n'ose pas bouger, mais le silence le rassure quelque peu.
Il s'assied et voit un bonze sans âge, en robe safran. Un lettré probablement à en juger par ses petites lunettes métalliques perchées bas sur un nez étrangement aquilin pour un indochinois.

Leurs yeux se croisent. La face du bonze est parfaitement inexpressive. Ni reproche, ni sourire. Mais il tient à la main une couverture de coton tissé à grosses rayures rouges et rouille sur fond noir. Il s'approche de Pit, saisit du pouce et de l'index la chemise et le pantalon, encore trempés, et fait signe de les lui donner.

Pit se déshabille et s'enroule dans la couverture tandis que le moine sort avec les vêtements.

Il restera toute la matinée dans la pagode. À peine réveillé et encore très inquiet, il voit entrer un jeune gamin qui lui sourit et dépose à ses pieds une tasse de thé d'herbe, tiède, puis ressort sans un geste.

Pit se sent rasséréné. Cette efficacité toute simple, cette silencieuse tolérance lui réchauffent le cœur. Il se surprend à sourire, et en sourit de plus belle.

Il se lève et s'étire comme un chat. Il n'ose pas aller à la porte, conscient, à tort ou à raison, d'être dans un havre de paix, une espèce de territoire neutre dont il ne devrait pas encore sortir. Il regarde le bouddha qui, assis, pose ses yeux sur lui dans un regard très doux, et à la fois très digne, de commisération. C'est un bouddha aux traits minces, à la coiffe pointue, en position d'écoute, les mains ouvertes sur les genoux.

Pit s'avance jusqu'au petit banc qui porte quelques réserves d'offrandes. Il allume trois bâtons d'encens et les plante dans le grand cendrier de cuivre, au pied du bouddha. Puis il recule de deux pas, étend bien proprement la natte, se fait un pagne avec sa couverture, et s'agenouille, assis sur les talons.

Il restera là, pratiquement immobile pendant plusieurs heures, regardant de temps en temps les fresques murales qui, dans des dominantes vertes et dorées, racontent des épisodes de la vie de Gautama. Mais il fixe surtout la grande statue elle-même et se laisse lentement pénétrer d'une paix profonde, sans savoir si elle lui vient du regard du bouddha ou plus généralement des vibrations de l'ensemble du temple et de ses habitants.

Un gong retentit, sourdement, dans la cour de la pagode. Quelques instants plus tard le bonze revient, toujours silencieux, et dépose à côté de Pit ses vêtements parfaitement secs, propres et pliés.

Est-ce une impression?   Il semble très vaguement sourire cette fois.

Pit se lève, joint les paumes à hauteur du cœur et, sans un mot, le remercie d'un salut lao, en se courbant aussi bas que possible.

Le bonze réciproque le salut, époussette quelque peu les cendres, l'espace des offrandes et les pieds de la statue, puis se retire.

Pit s'habille, plie soigneusement la couverture et sort, le cœur léger.

*

Devant le centre culturel français, un petit restaurant sert de délicieuses soupes au bœuf et aux légumes. Pit s'est installé sur la terrasse entre les pilastres du balcon tout couverts d'une vigne vierge tropicale. Il termine son deuxième bol de soupe et se laisser caresser par le soleil auquel il tend son visage, les yeux fermés.

Avant son départ d'Afrique, Claude, qui l'encourageait à partir pour ce qu'il s'obstinait à nommer l'Indochine, lui avait donné un dessin au crayon qu'il avait croqué, plusieurs années auparavant. On y voyait clairement un pan de la treille d'une terrasse, avec un mainate dans sa cage.
Pit est là, la carte en main, et il s'agit bien de la même terrasse et du même stupa au centre de la placette.

Dans une grande cage, un mainate sautille. Serait-ce le même mainate?

Pit essaye de lui faire la conversation en lao:

- Sao baï dî... sao baï dî... ...tu ne veux pas dire Bonjour? Ou bien est-ce mon accent que tu ne comprends pas?

Sô bay di? non? S'ho bay d'hi? ... je sais pourtant que tu parles... tu ne veux pas m'apprendre ta langue?

Qu'est ce que je vais devenir moi, ici, si personne ne veut me parler? Vais-je devoir partir ailleurs? J'ai vaguement l'impression que j'ai pris les choses tout à fait à l'envers. Qu'est-ce que tu en penses? Tu crois aussi que je ne fais que des bêtises?

- Bo péniang! Bo péniang!

Le mainate s'est mis à sauter et a enfin daigné dire quelque chose !

- Bo péniang!

Pit éclate de rire, de bon cœur: Bo péniang est l'expression locale la plus typique, la plus sage, la plus détachée, la moins susceptible de pitié pour soi-même: "Ça ne fait rien." "Ça n'a vraiment aucune importance!"

- Bo péniang!

On croirait même que le mainate, en sautillant sur son perchoir, s'est mis à hausser les épaules: Bo péniang!

- XI - Emerson, Lake & Palmer

Pit ne savait pas où aller. Il chérissait tellement cette sensation nouvelle d'une paix possible qu'il dirigea tout naturellement ses pas vers le Vat Prakéo et retourna s'asseoir sur la natte, au pied du Bouddha.

Il était seul et se mit à parler pour lui-même, à voix basse:

- Au fond, aussi bizarre que ça me paraisse, ce que j'ai fait ce matin, c'est un peu prier. Et toi, Bouddha, dont je ne connais presque rien, tu as accueilli ma prière silencieuse et tu m'as, en quelque sorte, donné de la paix, en échange...
Peut-être que cette cohérence païenne que j'admirais en Afrique... peut-être est-ce, déjà, la démarche spirituelle des Africains ? Peut-être finalement suis-je en voyage à la recherche d'une religion ? Qui sait si en rejetant l'hypocrisie et l'autoritarisme obtus du clergé de mon enfance, je n'ai pas seulement perdu l'accès à la prière?

Pit resta un moment songeur, perdu dans ses réflexions. Puis il continua, pour lui-même:

- Je voudrais me souvenir de ces multiples positions de prière que j'ai vues à Bangkok, symbolisées dans des postures variées du Bouddha. Ou en retrouver certaines. Ou en choisir qui correspondent à ma démarche.

Je voudrais d'abord vivre cette position que tu exprimes devant moi: mains ouvertes sur les genoux, paumes en l'air en position d'attente, ou d'accueil. Regard sur le monde.

Puis, j'aimerais me situer dans ce monde. Par exemple, les paumes vers le haut, les doigts sur le sternum: qui suis-je? Quel est mon rôle dans cette universalité?

Je pourrais aussi joindre les mains, en une posture de prière, de supplication, et me concentrer sur ce que j'attends du monde, ce que j'aimerais souhaiter qu'il fasse ou qu'il soit. Demander, espérer, prier pour qu'il trouve cette cohérence qui semble parfois lui manquer, cette harmonie, cet amour que j'aimerais y voir...

Enfin, je pourrais retourner cette prière vers moi et méditer sur ce que le monde pourrait attendre de moi.

*

René est entré au Café du Platane pendant que Pit était perdu dans l'écoute, encore une fois, de Lake, Emerson & Palmer.

- Tiens, voilà Pit ! En trois mois, on ne peut pas dire qu'on t'ait vu souvent. Où étais-tu ?

- Bah, c'est long à raconter. Et probablement inutile. En bref, il semble que je sois venu au Laos pour divorcer. Ensuite... Je ne comprends pas très bien moi-même ce qui s'est passé. Je me sens fort déconnecté de la réalité.

- Tu es trop compliqué pour moi. Qu'est-ce que tu bois?

- Bière. Bière! Je suis incapable de boire autre chose. J'ai bu beaucoup trop depuis quelque temps.

- Si tu bois vraiment trop, tu arrêtes de boire. Remercie le ciel (ou le diable, tu choisis) de ne pas être pincé par autre chose.

- Oh... j'ai aussi fumé un peu de ganja, mais il me semble beaucoup plus simple de cesser de fumer que de boire.

- La ganja, pour moi, c'est comme les bonbons à la menthe.
Je ne comprends pas ces jeunes routards qui finissent comme des légumes, avachis jour et nuit sur une paillasse crasseuse du Lao-Lao ou du Dragon Bleu.

- Peut-être est-ce simplement une réaction personnelle, un style?

- Je ne puis pas comprendre cela. J'ai vu des mecs qui tombaient ivres morts à minuit dans les bars de Kolwezi et qui, le lendemain matin, se battaient comme des lions. D'ailleurs, s'ils n'ajustaient pas parfaitement leurs rafales de mitraillette, ils ne seraient pas rentrés. Ils auraient pourri au pied d'un palmier, les intestins éventrés par une machette, les couilles trois mètres plus haut à la pointe d'une sagaie.

- C'est peut-être pour cela...? Ou bien, c'est parce que nous sommes différents... J'ai parfois l'impression que nous avons tous notre drogue sans laquelle nous serions un légume incapable de mettre un pied devant l'autre. Pour certains c'est l'excès d'alcool, pour d'autres l'herbe, mais pour beaucoup c'est l'excès de travail, de stress, de peur, de religion, de sexe, de statut social, de pouvoir, que sais-je?

- À ta santé! Je n'ai jamais lu Freud mais, dans la mesure où je pense que c'était un coupeur de cheveux en quatre qui trouvait plus intéressant d'écrire des livres sur la vie que d'aller la vivre, je pense que tu peux le rejoindre. Mon vieux, si le soir je me sens bien dans ma peau, je reste où je suis et je fais quelque chose de semblable le lendemain. Si j'en ai marre, je change de crèmerie, ou de pays, ou je fais autre chose qui me plaise mieux ou simplement qui soit différent.

- Oui... parce que tu y penses, parce que tu en es conscient. Au risque de te vexer, je crois que Freud, et beaucoup d'autres de son genre partageraient ton avis.

- Parle-moi de vraie drogue, parle-moi d'opium ou d'héroïne, là, tu perds vraiment ta liberté. Là, tu cours un réel danger parce que la tête ne marche plus. Et toi qui touches toujours à tout, prends garde: ne touche pas à cette merde.

- Tu penses à Georges?

- Georges est parti. J'ai dû le mettre sur l'avion pour Francfort. J'espère que sa sœur était à l'autre bout. Il est foutu, mon vieux Georges. Il ne pesait plus cinquante kilos quand je l'ai embarqué. Sa tête est vide. Il passait sa vie à pleurer! Georges, pleurer! Georges qui, il y a six ans, sautait sur le Biafra avec vingt hommes, cinq jeeps et deux lance-flammes et libérait un territoire comme la Belgique en six semaines! C'est dingue. C'est vraiment de la merde!

- Noï! Donne-nous deux bières et retourne la bande, tu veux?

Pit devint songeur. Il ne ressentait pas les choses comme René et certainement ne les exprimerait pas de la même façon. Et pourtant il sentait bien que cette approche contenait une part importante de vérité. Une sorte de bon sens, un peu simpliste dans son expression mais vital, peut-être.

- Pourtant... Je ne comprends pas bien. Boris me dit qu'il faut fumer l'opium pendant trois mois avant que ça ne devienne agréable. Et que, au début, c'est tout bonnement horrible, ça fait vomir, c'est physiquement pénible?

- Choisis tes amis, Pit ! Boris est fou. Il fume un peu, assez régulièrement. Mais il raconte n'importe quoi. D'abord, et avant tout, Boris est russe. Il peut vivre quinze ans en admirant la forme exquise de l'ongle de son petit doigt. Il donnerait cinq ans de son travail pour le secret d'une ouverture au jeu d'échecs qu'il connaissait déjà!

- Et Pedro alors? Pedro me dit qu'il ne fume l'opium que pendant les vacances scolaires. Il monte à Luang Prabang et fait une espèce de retraite avec sa maîtresse brune, comme il dit. Il dit que ça lui fait du bien.

- Pedro triche! Il triche avec tout. Il triche avec sa congaï, il triche avec l'opium. J'en mettrais ma main à couper. Il prétend à qui veut l'entendre qu'il a un contrat très libéré avec... comment s'appelle-t-elle encore?

- Giep.

- Oui c'est ça: Giep. En fait il est esclave de cette fille. Il chiale de la voir partir à Paris, en sachant pertinemment bien qu'il la perd. Et pourtant il lui paye le voyage et va probablement couvrir ses frais là-bas pendant un an ou deux! Elle le tient par le biniou. C'est une loque, ce mec. Alors, pardon, l'opium à dose contrôlée, l'opium pendant les vacances, laisse-moi rire. Je suis sûr qu'il triche. Il doit avoir une petite amie de remplacement à Luang et il y fume un peu de ganja,... et il parle bien. Ce n'est pas un instit pour rien.

- Tu es un peu dur non? Il a été chic quand j'étais dans la merde.

- Il a été chic? Qu'est-ce qu'il a fait?

- Oh... parler, m'encourager...

- Ah, pour parler, il parle. Mais l'opium, crois-moi, c'est de la merde. J'ai vu Georges disparaître, s'enfoncer dans sa tombe, chaque jour un peu plus. Georges était une force de la nature. Et si quelqu'un pouvait l'aider, c'était bien moi. Et bien, non! Rien à faire...
Et cette soi-disant sagesse indochinoise? Les vieux qui sont trop vieux pour être utiles et qu'on laisse fumer "juste assez", comme on lit dans les livres, pour qu'ils se sentent bien. Tu les as vus ces vieux dans les villages? Complètement absents au pied de leur manguier. Ils ne mettent pas un an avant de débarrasser le plancher. Tu appelles cela de la sagesse, de foutre les vieux au charnier?

- Et pourtant, tous les auteurs que j'ai lus présentent les chinois et les indochinois comme capables d'utiliser l'opium avec discernement?

- Littérature! Moi qui n'ai même pas fini l'école secondaire, je puis aussi écrire que la lune est rose au-dessus des ruines d'Angkor Vat. Mon cul! La lune est la lune et je préfère qu'elle se cache plutôt que de trahir mon campement aux éclaireurs du Viêt-Cong.

- Mais... tu ne te bats pas ici?

- Non, non... c'est juste une façon de parler. Je m'énerve, c'est tout. Mais cette guerre est quand même partout autour de nous. Merde! Soyons réalistes: tu parles de Pedro qui va en vacances à Luang, mais il faut survoler deux fois les lignes du Pathet-Lao pour y arriver! Georges n'est plus que l'ombre de lui-même à cause de l'opium. Vientiane est encerclée par l'ennemi communiste. Ça, Pit, ce sont des faits!

- Oui, je te suis. C'est vrai qu'on rêve un peu. Il y a quelque chose d'artificiel à cette joie de vivre dans Vientiane. Mais, dis-moi, pourquoi alors, ce consensus dans la littérature, cette erreur, généralisée d'après toi, à propos de l'opium?

- Je ne sais pas vraiment... Mais si tu regardes bien, tous ces auteurs, ou presque, sont des Français, des "petits Français" souvent, qui sont venus vivre ici. Je les soupçonne d'avoir simplement doré le décor pour excuser leurs propres faiblesses. Le choc culturel et l'éloignement les a mis en face de la brutalité de leurs instincts. Alors, ils se sont tout permis... Et pour le faire accepter par leurs familles, leurs amis, leurs supérieurs, et par eux-mêmes, ils ne pouvaient pas admettre qu'ils aient sacrifié aux vices les plus classiques. D'où le mensonge littéraire: "ces pratiques sont merveilleusement naturelles, mais bien sûr nous, Européens, avons parfois du mal à nous y adapter avec discernement." D'ailleurs les mêmes auteurs font souvent entendre que les autres ont manqué de discernement. Ils laissent ainsi supposer qu'eux-mêmes, peut-être, ont été plus judicieux...

- René, tu m'étonneras toujours: pour quelqu'un qui m'accuse d'intellectualisme, tu viens de plonger dans la complexité de l'analyse des comportements sociaux!

- Non: je dis simplement qu'ils mentent. Ou qu'ils se mentent à eux-mêmes. Et que le mobile est clair. Et que ce genre de mensonge a peut-être tué mon meilleur ami. Merde! Qui sait encore que ce sont les Européens qui ont développé le commerce de l'opium en Chine?

Et qui rappelle encore que les Chinois, conscients de la menace, se sont sacrifiés dans une guerre pour arrêter ce péril? C'était il y a moins de cent cinquante ans, Pit ! Et aujourd'hui nos enfants croient encore que l'opium est, en Chine, un passe-temps populaire depuis plusieurs milliers d'années !!

- Oui... tu as probablement raison. Ça me fait penser qu'avant de rentrer en Europe j'aimerais bien aller voir de près les champs de pavots du Triangle d'Or. Comment irais-tu?

- Je ne crois pas que tu y arriveras. La voie normale est de remonter le Mékong en pirogue, mais, avec la guerre, tu n'auras certainement pas l'autorisation de quitter Luang Prabang. Et, de toute façon, tu serais rapidement arrêté par les forces du Pathet-Lao. On dit qu'elles progressent de plus en plus vite. Seule l'aviation américaine les empêche de prendre Luang et Vientiane.

- Drôle de guerre... La plus grande force militaire du monde se bat, avec des petits zincs qui datent de Pearl Harbour, contre des paysans aux pieds nus qui prennent petit à petit tout le pays. Et pendant ce temps-là, pour le nouvel an nous étions deux cent cinquante européens et américains à danser le Fox-Trot en smoking sur la terrasse du Palais. Le Prince Souvanapouma était délicieusement charmant, tout le monde s'amusait en toute innocence. Seule la tombola, au profit des camps de réfugiés de la Croix-Rouge, rappelait quelque peu que les lignes ennemies sont infiltrées à moins de trente kilomètres du Palais.

René était perdu dans ses pensées. Ils burent leurs bières en silence.

- Dis, René...

- Oui?

- Si je me mets à déconner, tu me mettras dans un avion pour l'Europe?

René réfléchit un moment, vida son verre et se leva:

- Non. Tu n'es pas mon associé et c'est ton problème de garder assez d'argent pour sortir d'ici. Mais si tu as faim ou sommeil tu peux passer à la salle de boxe.
Et si tu achètes un billet d'avion pour sortir, je te conduirai volontiers à l'aéroport. C'est ta vie, Pit.

- Merci! C'est bien comme ça que je l'entendais.

- Tu vas remonter le Mékong?

Oui... Je crois.

- XII - Guerre d'enfants

Depuis trois jours, la pirogue remontait le Mékong. Chaque nuit, Pit dormait au fond de l'esquif, vaguement protégé des moustiques par quelques toiles de coton hâtivement cousues ensemble. Il aurait préféré le confort du sable et des grandes herbes de la rive, mais il était persuadé qu'à la moindre distraction, son guide tournerait bride et l'abandonnerait sur place.

Bien sûr, ils avaient longuement négocié le prix de la course, mais Pit avait dû accepter de payer cinquante pourcents au départ pour l'achat de carburant et, comme le retour pouvait se faire au fil du courant, toute interruption anticipée serait au bénéfice du batelier. En outre, plus il remontait vers le Nord et plus le Lao montrait des signes évidents d'inquiétude.

Déjà il avait fallu lui payer une prime spéciale pour partir de nuit, en toute discrétion, afin d'éviter le contrôle de la police militaire de Luang Prapang. La pirogue avait quitté l'embarcadère en fin de journée pour remonter lentement vers les grands escaliers monumentaux de l'ancien palais royal. C'était l'endroit où jadis se donnait le départ des grandes courses des fêtes du Nouvel An lao. Les incroyables pirogues monostyles de plus de vingt mètres s'y opposaient deux à deux en portant les espoirs des divers quartiers et guildes professionnelles de l'ancienne capitale des splendeurs.

Pit l'avait attendu dans l'ombre des jardins, dissimulé au sommet de l'escalier. Il n'avait encore rien payé et savait, alors, que l'homme attendrait jusqu'à ce qu'il décide que l'obscurité était suffisante pour rejoindre le bateau et se lancer à l'aventure.

Mais aujourd'hui, trois jours de navigation plus au nord, le batelier n'avait rien à perdre à l'abandonner.

Ne serait-ce la répugnance naturelle des Laos pour la violence gratuite, Pit aurait même craint pour sa vie car il était clair que plus il pénétrait à l'intérieur du territoire contrôlé par le Pathet-Lao et plus le batelier, lui, craignait pour la sienne.

Chaque jour, soit un peu après l'aube, soit dans l'après-midi, ils voyaient passer les avions gouvernementaux que Pit savait pertinemment être pilotés par des "conseillers" américains.

Depuis deux jours déjà, le trafic sur le fleuve était presque nul. Rarement plus de deux ou trois fois par jour, ils croisaient une pirogue semblable à la leur, avec le même toit de palmes et le même petit moteur hors-bord avec son hélice tout au bout d'un long axe mobile. C'était presque gênant d'être seul sur ce fleuve à pétarader sans aucune discrétion, avec l'impression confuse d'être à tout instant observé par de sombres Méos ou, pire, par des soldats du Pathet ou du Viêt-Cong à la gâchette légère.

Pit arborait ostensiblement un appareil photo muni d'un très long objectif, espérant être identifié comme un journaliste et, dès lors, accepté des deux bords.

Plus au Nord, on pouvait entendre de sourdes explosions, probablement des bombardements. Mais où diable étaient les lignes gouvernementales?

Le quatrième jour Pit commençait à sérieusement considérer d'abandonner cette expédition. Au petit matin il s'était réveillé en frissonnant. Le fleuve était bas et il réalisa qu'ils s'étaient arrêtés, tard la veille, sur une toute petite plate-forme, au pied de la muraille d'argile d'une rive abrupte. Au-dessus de ces deux murs jaunes et glissants, la forêt tropicale semblait si vide dans sa monotonie ... Plus que de la peur, Pit sentit monter en lui un gros haut-le-cœur d'ennui.

Il se mit à trembler. Depuis trois jours, il ne mangeait que des fruits. Trois ou quatre fois par jour, ils s'arrêtaient près d'un petit affluent de rencontre pour faire du thé avec de l'eau bouillie.
Peut-être allait-il commencer une crise de dysenterie? Ou simplement un coup de paludisme. Il décida d'entamer la première des deux bouteilles de bourbon qu'il avait emportées dans sa réserve d'urgence, à côté des boîtes de corned-beef et de la seringue de sérum anti venin.

Il avala trois cachets de quinine avec un grand verre de bourbon sec qui le surprit par sa brûlure.

Il fallait continuer, mais, à la place d'éviter soigneusement toute rencontre, il décida de chercher le contact. S'ils ne rencontraient personne avant ce soir, demain matin ils commenceraient à redescendre.

À peine avait-il décidé de ce programme que deux petits chasseurs à hélices, alourdis de bombes démesurées, passèrent en hurlant, au ras des arbres.

119

Pit eut juste le temps de se demander pourquoi ils suivaient soudain la rivière, qu'il sursauta au fracas, très proche, de deux explosions. Il pouvait encore entendre le vrombissement des avions puis deux autres explosions. Ils avaient dû bombarder une position ennemie à moins de deux ou trois kilomètres de là.

Pit donna le signe du départ. Le batelier ne parlait ni français, ni anglais, et, depuis Luang, tous leurs échanges se faisaient par signes.

Cette fois cependant le Lao ne bouge pas. Accroupi sur ses talons, il regarde Pit dans les yeux mais reste parfaitement immobile. Plus qu'une dénégation, le message est clairement lisible: refus déterminé et définitif d'aller plus loin. Lui aussi a compris que le front est au détour du prochain méandre.

La fureur meurtrière qui envahit Pit lui fait réaliser combien sa propre décision d'aller plus loin est, elle aussi, définitive. Il lui faut d'abord se calmer. Il va s'asseoir près du bateau, tourne le dos à son compagnon récalcitrant et se sert une autre grande goulée d'alcool, à même le goulot de la bouteille carrée.

Après un temps de réflexion et une pose volontaire qui lui paraît interminable, il fourrage calmement dans son sac, allume une cigarette, puis se lève en mettant le sac en bandoulière, prêt à partir.

Il regarde le batelier dans les yeux et lève la main droite vers lui, en lui montrant ostensiblement la face d'un billet de cinquante dollars. Le Lao se lève lentement puis s'arrête, debout, immobile, à quatre mètres de Pit.

Ils se toisent pendant deux longues minutes, avec toute la crispation figée qui est la réelle violence du duel.

Pit a gardé la cigarette à la lèvre et la fumée rend l'autorité du regard douloureuse. La chaleur de la braise commence à lui brûler la lèvre. Il est sur le point de relâcher l'attention pour jeter le mégot, mais n'en montre rien.

Finalement l'homme, sans une expression, baisse les yeux et s'avance vers Pit. L'affaire est conclue.

Pit subtilise discrètement le second billet de cinquante dollars qu'il tenait dissimulé derrière l'autre, comme le joker de la dernière chance.

Il embarque sur la pirogue, en agitant négligemment le premier billet entre deux doigts.

*

Deux heures plus tard, le fleuve s'ouvrait à la sortie du défilé. Devant eux, un paysage de plaine immense où la galerie forestière plus verte soulignait le tracé du fleuve. Les collines rousses de savane et de maquis semblaient pétrifiées sous le soleil. L'absence des toucans et, en fait, le silence de tous les oiseaux, était criants.

Sur leur droite paressait un affluent important qui avait balisé le cours du Mékong d'un grand banc de sable.

Pit sentit son cœur battre plus fort et il fit signe d'accoster sur une petite plage de sable fin.

Il mit pied à terre. Il aida à tirer la pirogue partiellement sur le sable et frappa l'amarre de chanvre autour d'une racine.

Il resta quelques instants à regarder le paysage, droit devant lui. Il avait la certitude que c'était bien ces collines, là juste devant lui, au-delà du bras de rivière avec son banc de sable, qui venaient d'être bombardées. Et pourtant, pas une trace, pas une fumée, pas un mouvement n'était perceptible.

Soudain, quelques exclamations, simples bribes de conversation, vinrent fracasser la vitre du silence et ramener avec elles le sens de la réalité du danger, de la présence de la guerre.

Appareil photo sur la poitrine, demi-sourire bienveillant fixé au visage, les gestes aussi lentement naturels que possible, Pit commença à gravir le coteau, dans la direction des voix.

Il fut un peu déçu en rencontrant d'abord trois gamins qui riaient en se disputant le riz d'une écumoire en bambou. Ils lui sourirent sans aucune surprise dans le regard. Mais déjà il avait aperçu, un peu plus loin, l'image incongrue d'une petite pagode, perdue dans la brousse.

Il s'approcha et fut surpris de découvrir, en effet, non pas un stupa mais un vrai petit temple, en maçonnerie d'argile, blanchie à la chaux. Peut-être un ancien ermitage.

Sur le porche, un sac militaire et deux paires de grosses chaussures de marche. Appuyé contre le mur blanc sale, un fusil automatique.

Pit soupira en souriant. Enfin, il avait établi le contact avec l'armée!

Raffermissant son sourire paisible, il frappa doucement à la porte entrouverte.

Pas de réponse. Il poussa la porte.

C'était bien une pagode. Sur un bloc de maçonnerie, une statue du Bouddha assis rayonnait d'une paix tout empreinte de simplicité dans un décor nu et blanc. Pas d'offrande à ses pieds si ce n'est le sommeil confiant de deux adolescents débraillés, en pantalon kaki, vestes ouvertes à multiples poches retenues par de lourds ceinturons de combat.

Pit s'avança de deux pas et s'agenouilla. Il resta là un long moment, sans réellement savoir s'il se nourrissait d'abord de la paix du Bouddha ou surtout du spectacle incongru mais parfaitement cohérent de cette forme de repos du guerrier.

L'intérieur du petit ermitage était merveilleusement frais et Pit se demanda, un court instant, s'ils n'étaient pas déserteurs.

À travers la porte entrouverte, un rayon de soleil brûlant frappa les dormeurs. Le plus grand s'étira comme un chat et s'assit un peu ébloui. Il vit Pit toujours immobile et lui sourit. Il pouvait avoir quinze ans, seize peut-être, et sa peau d'enfant contrastait furieusement avec la rugosité du treillis des vêtements militaires.

Pit lui rendit son sourire:

- Où est le gros de votre troupe?

- ... ?

- Où est votre officier?

L'adolescent continuait à sourire, manifestement sans comprendre. L'autre s'éveilla à son tour et ils se mirent à bavarder joyeusement sans complexe.

123

Soudain, la voix nasillarde d'un récepteur radio bourdonna à l'extérieur.

Ils sortirent sans hâte et Pit les suivit, de plus en plus curieux.

Les trois gamins avaient fini de manger et jouaient dans le sable avec un couteau à lancer. Ils échangèrent ce qui pouvait être une plaisanterie et rirent de bon coeur.

La radio de campagne insistait, pendue impuissante par sa bandoulière, dans un buisson épineux.

Le plus grand s'en approcha, saisit le micro et s'identifia.

Il s'ensuivit un dialogue lent et probablement imprécis car Pit croyait y entendre d'insistantes redites, comme dans un dialogue de sourds. Soudain, alors qu'il observait paresseusement l'ensemble de la scène, Pit fixa les yeux sur le bras qui tenait le micro, stupéfait: sur l'épaule trois galons!

Sans qu'il puisse les retenir, les larmes lui vinrent aux yeux.
Le voilà l'officier, là devant lui, cet adolescent à la peau d'ange toute tendre et moite de sa sieste dans les bras maternels de Bouddha.

- Merde...

Les cinq le regardèrent, sans comprendre.

Soudain, Pit avait la clé de toute la scène qui jusque-là le laissait un peu mal à l'aise. Il n'était pas parmi les détails accessoires d'un chromo mais bien au cœur même d'une incroyable fresque surréaliste. Ce pique-nique de boys scouts c'est la compagnie. Cet affluent champêtre est la ligne de front. Cet adolescent angélique est leur officier. Et les ordres

124

tombent par le canal distant et irresponsable de cette boîte à ondes courtes!

Voix impersonnelle d'un fonctionnaire qui s'ennuie à Luang, ou même à Vientiane peut-être, et qui vient de recevoir le rapport des bombardiers qui sont juste rentrés.

- Merde... Merde, Merde !

Dieu qu'il regrette de ne pas parler lao ! Il ... Il... Que ferait-il? Dieu sait, mais quelque chose!

Le jeune officier parle, maintenant, à ses compagnons. Il leur montre la colline au-delà du bras de rivière. Il réveille deux autres jeunes gens que Pit n'avait pas vus, derrière un buisson.

Ils chaussent leurs godillots, ramassent tant bien que mal leurs fusils et leurs affaires éparses, et descendent lentement vers la rive, dépenaillés.

Ils passent près de la barque et échangent quelques mots avec le batelier, l'un d'eux montre l'aval. Le plus grand hausse les épaules et part vers la colline. Les autres suivent, à distance, sans ordre.

Le dernier semble encore endormi, les bras appuyés sur le fusil qu'il a passé en travers de ses épaules.

Pit regarde, incrédule et impuissant. La voilà donc la guerre menée par les brillants conseillers du Pentagone contre l'infiltration communiste. Quatre bombes sur une colline déserte au bord du Mékong. Un ordre par radio et sept gamins qui se traînent, abandonnés de tous, sans encadrement et sans intendance.

Ce soir, Pit imagine, ils dormiront probablement dans un des trous de bombe? Et demain?

En traversant le premier bras de rivière ils ont de l'eau jusqu'aux genoux. Ils rient et s'éclaboussent.

L'un d'eux tombe assis dans l'eau et rit de plus belle. En arrivant sur le banc de sable, tous s'arrêtent d'un commun accord et posent leur barda. Ils se déshabillent et reviennent à l'eau où ils se lavent d'abord, puis se mettent à nager joyeusement.

Pit ne sait plus s'il a envie de vomir ou de rire au contraire. Appuyé au bateau, il prend la bouteille d'alcool dans son sac et en boit une large rasade.
Du dos de la main, il s'essuie la bouche. Il crache.

Surréalisme ou pas, il ne peut plus se balader dans la vie comme dans un musée.
Sa décision est prise. Il appelle le pilote et lui fait signe de mettre la barque à l'eau et de démarrer le moteur. D'autorité il prend le manche de la barre et remonte lentement le fleuve.

Arrivé à hauteur des petits soldats, il échoue prudemment l'esquif au bord du banc de sable, descend dans l'eau et marche droit vers leur jeune chef. En quelques gestes simples, il leur fait comprendre son offre: "Tous ensemble, sur le bateau, vers l'aval?"

Tout d'abord les regards expriment l'incompréhension et la surprise. Un bref conciliabule s'ensuit et, deux minutes plus tard, cinq des gamins sont assis au fond de la pirogue, en silence. Les deux autres ont montré à Pit une autre direction, à l'intérieur des terres, et leur font des signes d'adieu.

Trois jours plus tard, tous ont été déposés, au lieu de leur choix, probablement à hauteur de leurs villages d'origine.

Plus un mot, plus un geste n'ont été échangés avec Pit sauf, à chaque séparation, une main levée qu'il aimerait pouvoir interpréter: signe d'adieu, signe de paix ? Geste de gratitude?

Non, probablement un simple geste bien lao : fatalité et tolérance. *Bo Péniang...*

Et demain?

C'est où demain? C'est qui demain?

- XIII - Bon Vent ...

- Bonsoir Tina, je te dérange?

- Non, non. Je pars dans une heure pour un dîner chez le Représentant Résident des Nations-Unies, mais ça nous laisse un bon moment.

- On dirait que c'est important pour toi, toute cette prétention sociale?

- Mais non! C'est juste un moyen de faire ce que je pense utile.

- Peut-être ... penses-y, j'ai parfois l'impression que tout cela, tu l'avais calculé, dès le début.

- Ce n'est pas très élégant de ta part, tu sembles oublier pas mal de choses, non?

- Peu importe, je suis juste venu te dire que je pars samedi. Je rentre en Europe. Je voulais m'assurer que nous avions tout réglé. L'avocat m'a dit que l'exequatur du jugement de divorce ne devrait poser aucun problème, mais je voulais savoir si pour toi aussi cela te semble réglé.

- Oui, je pense, mais pourquoi?

- Je rentre pour faire un point fixe. J'ai l'impression que j'aurai plus de repères à Bruxelles, ou en Ardenne, même si beaucoup de ces repères sont des références négatives, des rejets en fait.

- Et tu cherches?

- Si je le savais... le travail serait fait, ou presque, tu ne penses pas?

- Je ne sais pas. Tu ne regrette pas de quitter cette extraordinaire délicatesse, tout empreinte d'esthétisme et de très vieille sagesse, qu'on côtoie ici au Laos de façon quotidienne?

- Esthétisme, pour sûr. Je le regrette déjà, mais je reviendrai, j'espère, dans cette partie du monde. Culture délicate, oui, il suffit de connaître, même mal, leurs relations hommes-femmes pour se rendre compte que nous, Européens, avons énormément à apprendre. Mais pour ce qui est de la sagesse... il ne faudrait quand même pas trop allonger les clichés. Même si les monstres objectifs sont ici les américains, n'oublie quand même pas ce qui est en train de se passer au Cambodge... Bref, je pars, je rentre là-bas. C'est, je l'espère, juste une étape. Je sais bien que je ne serai plus jamais chez-moi dans ces petites provinces gauloises.

- Au revoir alors? On s'embrasse?

- Non, pas encore, mais je te souhaite "Bon vent!"

Elle hésita un moment, regarda autour d'elle comme si elle cherchait quelque chose, saisit sur une table un petit *kalaça* khmer, un genre de petit lacrymatoire traditionnel, et le lui tendit:

- Tiens, un souvenir de cet esthétisme local, Bon vent à toi aussi.

*

VENT du NORD

Chamane? Musée de Monaco.

- XIV - La porte

Pit était à peine rentré en Europe depuis quelques mois.

Comme il l'avait décidé en quittant Vientiane, il s'est organisé un style de vie complètement différent de ce qu'il avait connu jadis, avant de partir la première fois en Afrique.

D'abord, il voulait vivre seul. Au moins quelques années, pour apprendre à se connaître, écouter son corps, comprendre ses goûts, et préparer ainsi son passage d'un monde de devoir à celui du plaisir. De la soumission à la liberté.

Il tenait aussi à se protéger, autant que possible, de l'esclavage de la consommation. Il s'agirait d'une navigation délicate entre ascèse et plaisir: l'hédonisme du peu. Cette quête, il en était conscient, pourrait bien remplir sa vie.

Il s'était promis de s'astreindre à une discipline intellectuelle. Se pencher sérieusement sur les vraies richesses de la culture européenne. Sortir de la maigre sélection historique opérée par les pouvoirs politique et religieux. Lire et explorer les autres pistes ouvertes ou ébauchées par les innombrables esprits plus libres.
Enfin, donner toute sa place à son propre esprit. Noter systématiquement ses questions, ses intuitions, et toutes images ou paradoxes avec lesquels il se met à jouer.

Cela l'avait mené à partager son temps entre un grenier flamand au centre de Bruxelles et un petit studio, avec balcon et vue sur mer, juste en face du marché couvert de Beausoleil, le quartier français de Monaco.

À Bruxelles, à un jet de pierre de la Grand-Place, il s'adonnait surtout à l'étude des libres-penseurs belges, mais comme, dans cette grande mansarde du 18ème siècle il était resté fidèle au style flamand, riche de vieux chêne, de velours et d'allusions néogothiques, ce décor l'entraînait parfois autant vers le fantastique que vers la raison.

À Beausoleil, face au Mont Agel, il se sentait plus enclin à la créativité, l'écriture parfois, mais surtout les jeux de l'esprit et tous les rapprochements incongrus qui cassent nos carcans et ouvrent sur le vaste monde. Au-delà de la mer, on sentait, bien sûr, la Corse. Mais on pouvait deviner aussi la Sicile, qui, on le sait, est déjà un peu l'Afrique!

*

Ce matin-là, il avait décidé de visiter sérieusement le beau petit Musée de la Préhistoire de Monaco.
Il était à la fois subjugué et provoqué par des photographies de peintures rupestres que pourtant il connaissait depuis longtemps.

À son insu, son émotion s'était probablement exprimée par des mouvements d'épaules, ou même (ça lui arrive) par quelques mots qui n'étaient adressés à personne en particulier. Son voisin avait dû imaginer, ou entendre, une question car il l'interpella:

- Vous dites? Je n'ai pas compris.

- Rien, rien, excusez-moi.

- Ces peintures sont impressionnantes n'est-ce pas?

Pit se sentit un peu pris en défaut et lui en voulut d'abord de violer sa solitude, mais il se ressaisit: le dialogue, bien sûr moins sécurisant, est toujours plus riche de vérité.

- Oui... Je me disais justement, qu'elles me dérangent un peu. Elles touchent en moi une fibre qui résonne à leur art, comme à un signifiant essentiel. Et pourtant, je ne sais pas. Prenez ce Chaman: on voit dans sa danse la magie, et derrière elle la mystique et toutes les philosophies. Il y a vingt mille ans?

Si je l'accepte, je me sens humble et en paix. Mais tout de suite mon esprit critique se réveille: ne suis-je pas entrain de projeter? Une personne, devant cette silhouette coiffée d'un massacre de cerf, a peut-être dit " Un Chaman" par hypothèse, par plaisanterie même, et ce mot lâché a libéré les flots de quarante siècle de culture, comme, quand on soulève la bonde d'un étang, on perd en un instant, dans des bouillonnements putrides, la cohérence d'un monde? On peut tout imaginer: les bois de cerf peuvent avoir l'âge que n'a pas la silhouette, graffiti plus récent? Que sait-on des promeneurs curieux qui aimaient à visiter les grottes, il y a cent ou trois cents ans?

Et même si j'accepte l'âge, il y a tant de possibilités d'interprétation... superposition par hasard, souvenir d'une clownerie involontaire, que sais-je? Le Chaman me regarde de derrière le temps, je le sens, et pourtant... J'ai du mal à croire...

- Si vous le sentez, il faut croire, Monsieur. Il faut croire.

Il dit cela d'un ton si pénétré que soudain Pit le regarda vraiment. Non, ce n'était pas un vieux fou. Il pouvait avoir quelque quarante ans. Vêtu sport, un peu mode même. Il avait le regard clair et très doux. Trop doux peut-être.

- Oui, Monsieur, il faut croire. On ne croit jamais assez pour toucher à la réalité.

Pit le laissa là sous un faux prétexte et passa rapidement dans une autre salle. Mais lorsqu'il eut réalisé que l'averse, au-dehors, avait cessé, il choisit d'aller respirer les chaudes odeurs du parc.

L'autre était déjà là, sur un banc qu'il tapotait pour inviter Pit à s'asseoir.

- J'aimerais vous raconter...

Pit pensa qu'il aurait dû partir, là sur le champ. Mais, peut-être, d'avoir joué de sa culture devant l'autre, escomptait-il la rencontre d'une intelligence? S'il avait su... mais l'autre était lancé, et avec lui des forces que Pit ne pourra plus contrôler, voire infléchir.

- Si vous avez quelques instants, je sens que ça vous intéressera, Monsieur... ?

- Verdomme, Pit Verdomme.

- Un nom du Nord je pense?

- Oui, oui, vous avez raison, outre Quiévrain même.

- Une racine germanique n'est-ce pas? "condamné" je pense?

- Oui, un nom d'origine flamande, proche du sens "damné" plutôt, mais dans la famille la tradition veut que nous le prenions avec dérision : si nous sommes damnés d'avance, cela nous libère de toute contrainte!

- Pensez-vous que cela nous influence de porter un nom signifiant? Avez-vous parfoispensé que, peut-être, vous eussiez été différent si votre père s'était nommé "béni" ou "bienheureux" ?

- J'y ai pensé, oui, mais "béni", ou "damné", cela ne peut influencer que l'idée que j'ai de moi, l'image que je me construis de "Je". Cela ne sera jamais que ma conscience d'être. Peu de choses, je pense, par rapport à ma substance, ce que je suis vraiment... Et que je ne connaîtrai jamais car elle change à tout instant au gré des flux de perceptions et d'influences qui me traversent, n'est-ce pas? Quand je dis "je", je me rassure. Mais qui suis-je? Tout coule, tout se transforme perpétuellement, comme disait déjà Héraclite ...

- Oui, absolument, je suis bien d'accord avec vous. Laissez-moi vous raconter.

D'abord, il faut que vous compreniez que je ne sais pas moi-même comment j'en suis arrivé à venir vivre à Monaco. Je n'ai rien réellement fait pour cela. Mes amis m'avaient dit: " Tom, si tu veux vraiment échapper à tes ...", mais, allons, je ne vais pas vous raconter ma vie! Disons brièvement et de façon moins personnelle que des gens de confiance m'ont conseillé de me décrisper, de regarder les choses venir à moi, d'écouter la vie et de reconnaître ce qu'elle m'offre pour pouvoir le saisir au passage.

- Tiens, tiens, pensa Pit. Comme on se retrouve...

Tom continuait:
- Ma vie en fut transformée. Chaque jour je me levais avec le coeur d'un enfant face à une tombola foraine. Je regardais avec gourmandise la page du jour, sur le calendrier "Le Petit Farceur", comme si c'était une ardoise magique, une page

139

blanche sur laquelle allaient s'inscrire les données fastes de mon horoscope, pour que j'y choisisse une perle quotidienne.

En sus d'autres plaisirs mineurs, je fus ainsi gratifié, en moins de deux ans, d'une débâcle financière, d'un retour de santé, d'un divorce, de la disparition de vieux amis, de la perte de mon domaine dans le Morvan et de l'opportunité rare et absolument imprévisible de reprendre à des conditions avantageuses un appartement dans la Principauté. Sésames successifs pour une liberté croissante et de plus en plus chérie.

Mon appartement n'avait qu'un défaut: son exiguïté. C'est en fait un grand studio, au douzième étage d'un immeuble moderne, ce qui, avec les garages, fait encore un peu plus haut. La vue est double: la montagne d'un côté, la mer de l'autre. Chaque matin, j'ai le choix: je médite Yin, je médite Yang. Et quand un problème ou un doute me fait consulter le Yi-King, les symboles de l'oracle s'épellent distinctement: des huit trigrammes de base cinq sont en permanence matérialisés devant moi: Ciel, Terre, Montagne, Eau et Vent. Deux sont suffisamment fréquents: Feu et Tonnerre. Seul manque le Lac, "Le joyeux a une lacune en haut", mais la mer, Monsieur, la mer est là! Insondable joie, béante lacune.

Mais excusez-moi, Monsieur, êtes-vous familier du Yi-King, le Livre des Transformations? Voyez-vous, le Tao aussi enseigne que tout est mouvement, rien n'est acquis, et le germe de demain..., mais je m'écarte, et j'abuse de votre bienveillance.

Oui, je disais que l'appartement est fort petit. J'ai toujours été habitué aux grands espaces, mais j'ai pensé que c'était probablement un nouveau pas dans la dépossession et donc vers la liberté. Je conçus, je l'avoue, un certain orgueil à faire de cette tanière un écrin parfait dans son goût, sa sobriété, son ordre.

Le mobilier est moderne mais simple, chaud, et riche dans ses matériaux: pitchpin et bambou, chintz et soie. Les couleurs, ocre léger, orange passé et gris moiré, multiplient la lumière sans l'échauffer.

Je me suis astreint, dès le début, à une discipline quasi monacale. Douze livres seulement, neuf objets d'art dont la symbolique me relie à d'autres temps et d'autres lieux de ma vie. Pour le reste, rien que du fonctionnel et le strict nécessaire.

Pourquoi neuf objets d'art me direz-vous? J'en avais voulu deux par point cardinal. Le neuvième était quelque chose de beaucoup plus personnel. J'avais pendu au mur, juste pincé sous un plexiglas antireflets, une chute de toile de mon ami Claude, pharmacien militaire, artiste peintre et grand mystique laïc. C'était un fragment, de 26 sur 12 centimètres, non signé, que j'avais ramassé, avec sa permission, dans son atelier. Dans cette période "épistolaire", Claude construisait des toiles en bandes cousues, dans des bleus pâles et des blancs gris et y écrivait des textes, comme des confidences chuchotées, avant de les retailler aux dimensions que lui inspirait l'esthétique, ce jour-là. Cela rappelait un peu "Cinq lignes d'écriture horizontale", l'encre de chine qu'Henri Michaux nous écrivit en 1961.
Ces petits messages, ces lettres d'ailleurs, semblent toujours raconter une histoire beaucoup plus vaste, comme s'ils nous

parlaient, en fait, de la vie, du monde, de la condition humaine...

Excusez-moi, je m'égare...

Je voulais vous expliquer que, d'une étrange façon, le nombre "Deux" semble s'imposer dans cette démarche de réduction. D'abord, tout ce qui nécessite une phase de repos, de restauration ou de simple nettoyage: deux pantalons, deux caleçons, deux paires de chaussettes, cela s'impose: on porte l'un tandis qu'on lave l'autre. C'est une sorte de pulsion, n'est-ce pas. Me suivez-vous? Action repos - action repos, ainsi veut la vie.

Cela semble simple, et pourtant, Monsieur... Verdomme?

- Appelez-moi Pit, ce sera plus simple!

- Merci! Eh bien, Pit, c'est là que s'introduisit l'alternative cruciale: j'ai pensé d'abord que la vaisselle peut se laver immédiatement et que ce serait une belle discipline de simplicité. Ha! Si seulement j'avais souscrit à cette règle!
J'avais déjà choisi, dans un magasin simple, une assiette profonde de couleur harmonieuse, un verre droit et les trois pièces d'un seul couvert, et je me dirigeais vers la caisse, quand soudain (je m'en souviens comme si c'était hier) je fus pris d'un remords: pouvais-je moralement décider que j'allais toujours manger seul? Cela froissait ma culture et mon empathie naturelle. Acheter un deuxième couvert ce serait déjà, symboliquement, la place de l'hôte dressée à ma table, n'est-ce pas?

J'étais écartelé, comme vous l'étiez tout à l'heure devant cette représentation rupestre du sorcier dansant. Et, pour mon malheur, je me suis mis à raisonner. J'ai d'abord pensé, vaguement et sans trop analyser, que certainement, un jour, j'aurais de la visite (je me souviens même de la figure de la dame qui me vint à l'esprit ... , mais je vous ennuie).

L'argument me semblait pourtant spéculatif et je restais indécis.

Finalement je pris tout en double en faisant appel, pour me justifier, à la raison la plus aberrante: la vaisselle ça casse! Et puis si la raison, quoique rationnelle, semblait spécieuse, j'en trouvai une autre, définitive: la cohérence intellectuelle avec ma découverte antérieure de la valeur, en cette matière de simplicité, du chiffre DEUX.

Tout était clair, et donc m'apparaissait logique… et vrai.

Ce n'est que bien plus tard que j'ai compris à quelles terribles puissances j'ouvrais les portes. La magie du chiffre, Monsieur, il faut croire en la puissance du mot et du chiffre. Je vous le disais: il faut croire!

Les premiers jours, il ne se passa rien de spécial.

Je m'activais à ma table de travail, dans mon studio monacal. Les journées passaient agréablement en saine routine partagée entre le repos, le travail et la marche.

Le deuxième couvert était proprement rangé dans un coin de placard.

J'aurais dû mieux le regarder. Je pensais qu'il dormait.

Il couvait.

Un jour, après déjeuner, j'eus soudain une idée fugace qu'il me fallait coucher sur le papier. Je laissai mon couvert à tremper dans l'évier en pensant y revenir dès cette idée fixée par l'écriture.

Vous avez déjà deviné, n'est-ce pas ? Oui, je ai oublié de le laver.

Le soir, j'allai nager longuement aux plages du Larvotto, après le départ des touristes et des familles. Il avait fait chaud et moite tout l'après-midi, il y a souvent ainsi des orages qui tournent, indécis, autour du mont Agel.

Bref, je rentrai tard, fatigué et affamé. Sans trop penser, je fis rapidement taire un éclair d'appréhension et je me détaillai une salade mélangée, que je servis dans l'autre couvert. C'est à cet instant que j'eus très nettement le sentiment du sacrilège: je mangeais dans le couvert de l'autre! J'ai trouvé, sans peine, mille façons de l'oublier. Lorsque nous enfreignons ainsi des tabous, au mépris de nos voix intérieures, nous ne pouvons revenir en arrière que par la grâce de l'aveu conscient et de la contrition sincère.
Il nous est bien plus facile de puiser dans nos insondables richesses d'astuce et de feinte ignorance, mais alors, la porte reste ouverte...

Oui: la porte était ouverte à l'envahissement incoercible des mille et une choses qui transformèrent en moins de trois mois ma cellule de paix en un capharnaüm digne des greniers de l'Administration des Statistiques à Yaoundé. Je vous épargne la description de cet endroit.

En bref, d'abord je devais justement vider et déménager mon ancien domicile. Un bel effort de simplicité avait pourtant réduit mes possessions aux contenus de deux malles métalliques. Mais au moment de partir les sangsues du passé s'agrippaient à mes mains: j'en remplis trois cartons, puis cinq. Je renonçai aussi à jeter des jouets, des patiences, du matériel de bricolage: je me devais, en bon père, de prévoir la visite de mes enfants.

Finalement, je suis rentré en Principauté avec une camionnette, dont j'entassai la plupart de la charge dans ma cave, qui est grande.

Dès lors, j'ai régulièrement eu besoin d'une chose ou l'autre de cette cave. Les placards étaient profonds et pourtant, très vite, ils débordèrent. Une place pour chaque chose et chaque chose à sa place, disait ma grand-mère... ce fut bientôt un vœu pieu, mais impossible.

À ce stade, les placards étaient trop remplis, mais mon séjour, mon espace, était resté relativement sobre.

C'est alors que je fus insidieusement infecté par les premiers magazines. J'avais bien décidé de ne plus en acheter: la presse écrite est devenue aujourd'hui, dans sa plus grande partie, un simple consommable commercial. Mais je m'impose des promenades de santé, et les promenades passent devant des librairies.

Au printemps dernier, je trouvai, en feuilletant une revue littéraire, un passage lumineux qui répondait exactement à un des développements que je travaillais. C'était pour la bonne cause, je l'achetai. Hélas! UN, Monsieur,... pardon, je veux dire Pit! UN ne suffit pas, n'est-ce pas?

Ces choses sont comme les fourmis, comme les cancrelats: elles vivent: dès que l'une a trouvé le défaut de la cuirasse, l'interstice dans le mur, elles attaquent en colonnes, vous submergent, vous étouffent!

L'article avait une suite, j'achetai le numéro suivant.

Puis, je rentrai en plein sophisme dans le système DEUX: la bonne cause du travail n'était qu'un pôle, celui de l'intellect.

Le corps aussi existe naturellement et doit exulter. Ce fut l'entrée subreptice des revues érotiques, Cheval de Gomorrhe!

145

Bientôt, Monsieur, il y en eut deux tas. Quand on commence, on ne s'arrête plus.

Il y a maintenant des piles de livres qui grimpent le long des murs et qui commencent à sérieusement obstruer les fenêtres. Oui, je l'avoue, j'ai été parfois dans mes caisses, à la cave, en chercher quelques-uns pour trouver une référence ou l'autre. Mais je vous jure, Pit, il y en a qui se sont introduits en mon absence. Il y a des livres, là, que je ne reconnais pas. Je ne sais pas d'où ils viennent. Je ne... crois pas... qu'ils se reproduisent... mais je crois..., croire... ?

Je ne sais pas!

*

Il resta, enfin, un moment silencieux. Entre l'interrogation de la préhistoire, bien prisonnière dans l'architecture stricte du musée, et l'exubérance parfois effrayante du Jardin exotique, Pit se sentait subjugué par ces confidences inattendues.

Lui qui cherchait à retrouver en Europe un système de références, une sorte de boussole qui lui permette de continuer à découvrir le monde sans y perdre la raison... où était-il soudain tombé?

Allait-il trouver ici une approche purement intellectuelle, si repliée sur elle-même qu'elle a peu d'autre choix que de s'autoféconder à l'intérieur de sa propre sémantique?

Il avait presque peur que l'autre ne s'arrête là, car maintenant il voulait absolument voir où tout cela les mènerait.

*

D'ailleurs, Tom reprenait déjà son souffle:

Même les tapis, Monsieur, le croiriez-vous? Parmi les neuf objets d'art ou d'artisanat dont je m'étais entouré au départ, il y avait un beau petit Kilim, un tapis berbère auquel j'étais attaché. Posé sur le tapis plain gris chiné, il était du plus bel effet. Mais le pli était pris, et lorsque, fin de l'année dernière, je fus appelé par mon travail à me rendre au Maroc, j'ai acquis un autre petit Kilim, un peu moins fin mais de belles couleurs, avec la claire et sincère intention de l'offrir, si, bien sûr, je trouvais quelqu'un qui l'aime. Je n'ai même pas cherché cet amateur. Arrivé chez moi, le papier d'emballage était fort déchiré. J'ai ouvert le ballot et j'ai étendu le tapis à côté de l'autre, pour les comparer. Je l'ai tiré un peu plus loin, pour les disposer mieux. Il était très beau. Il y est toujours. Maintenant, des Kilims, j'en ai deux. Dans mon petit studio, Pit!

*

Un jour, de façon tout à fait imprévisible, un tournant majeur s'imposa.

Comme si une fée avait finalement choisi d'exaucer mon vœu le plus cher, S.L. me téléphona. Elle était en ville pour son travail et proposait que nous dînions ensemble. Au restaurant, il s'avéra qu'elle cherchait aussi une chambre.
Un lit suffirait-il? Je pouvais lui céder le mien. J'avais un lit de camp que je pouvais déplier dans la cuisine. Elle accepta avec

147

enthousiasme, comme si c'était tout naturel, alors qu'il y avait plus de dix ans que nous étions séparés.

Plus tard dans la soirée, après avoir pris ma douche, comme je venais lui souhaiter une bonne nuit et m'assurer qu'elle savait comment éteindre les lumières, je la trouvai nue sur mon lit dans une pose pas vraiment lascive mais largement offerte.

- Viens, me dit-elle.

J'allai m'asseoir près d'elle, calmement mais pensif. Je lui caressai le front comme on fait à un enfant fiévreux. Je savais que, pour elle, l'amour physique était quelque chose d'inévitable dans la vie, comme les visites chez le dentiste et l'entretien des 100.000 kilomètres de la voiture. Tout dans son regard disait qu'elle avait toujours aussi faim de tendresse et de câlins que dix ans auparavant, qu'elle était prête à en payer ce qu'elle voyait comme le prix inévitable, mais tout dans la statuaire admirable de son corps disait aussi qu'elle ne ressentait aucun désir réellement sexuel.

- Écoute, tu es encore plus belle qu'avant. Mais... cela aussi, je voudrais le réinventer complètement. Tu comprends? J'ai la conviction que cela n'a jamais été ce que cela pourrait être. Ce n'est pas toi. C'est moi. C'est avec toutes. J'aurais peur de retomber dans de vieilles ornières. Je veux laisser la vie, la nature, s'exprimer. Sans moi. Sans le passé, sans ce que je pense. Tout réinventer. Tu comprends?

Elle me mit le doigt sur les lèvres, avec un sourire à la fois soulagé et fataliste:

- Chut, tais-toi... dors bien...

Le lendemain, elle repartit discrètement, le bruit de la porte me réveilla, c'était comme si elle n'était pas venue, comme si tout cela n'avait été qu'un rêve.

Parfois, je me demande même si je l'ai rêvé.

Lorsque je me suis levé, je préparais le café quand soudain un merveilleux sentiment, une émotion délicieuse, me mit les larmes aux yeux: là, à côté de l'évier, avaient séché, en se reposant, deux verres, deux cuillères, et deux assiettes renversées qui s'imbriquaient tendrement.
En un éclair je fus submergé par le tendre bouquet des sentiments du lendemain. La sensation était si vive que je me précipitai vers le lit... non, il était vide, j'avais bien entendu.

Avec toutes ces choses qui m'envahissaient, je dus commencer à mettre de l'ordre, de façon régulière. En conséquence, je repoussais mon travail et mes journées se terminaient tard. Je n'avais plus le temps de faire mon repassage. Et un jour, j'ai acheté un pantalon. Oui, celui-ci. Honnêtement je crois que j'aurais pu repasser un de mes deux pantalons, mais voyez-vous, pour la première fois, j'étais invité.

J'avais rencontré une ... jeune personne, à la plage, et, comme elle était, elle aussi, collectionneuse de sables, nous avions décidé de prendre ensemble un thé ou un sorbet.
Oui, probablement, un rien de coquetterie m'a distrait: j'ai acheté le pantalon chez Norb-Ferrer. Bien sûr c'était mieux que le pantalon de grand magasin que j'aurais pu repasser...
Non,...elle n'est pas venue au rendez-vous. Je ... je ne crois pas qu'elle collectionnait réellement les sables.

Petit à petit, avec toutes ces choses, Monsieur, toutes ces choses, j'ai commencé à étouffer, à manquer d'espace. De plus en plus souvent je sortais, pour des grandes balades. Mais, vous le savez, la Principauté est restreinte, et les pentes sont raides. Alors, on fatigue. À la fois moralement et physiquement. Les deux, Monsieur, les deux!

Et puis, ce n'est pas tout. Mon travail en souffrait. Je me forçai à travailler la nuit, mais alors le sommeil me manquait, et je gardais de moins en moins d'ordre.

Un jour, j'eus soudain un sentiment angoissant: qu'arriverait-il si quelqu'un, quelqu'un qui ne me connaît pas, comme cette jeune personne que je n'ai pas revue, me rendait visite? Tout au début, dans ma simplicité monacale, j'étais fier à l'idée d'une visite, car il, ou elle, aurait senti, j'en suis sûr, les vibrations bénéfiques de cette simplicité, et de ma foi en la simplicité.

Mais là... dans ce fouillis inextricable...
Je me rendais bien compte que, si j'étais prévenu de la visite, ce qui est vraisemblable, je pourrais arriver à mettre un semblant d'ordre, ou de l'ordre même, mais je ne pourrais pas recréer le sentiment d'espace, de vide.

Alors j'ai eu l'idée, la grande idée. Celle qui m'a perdu. Voyez-vous, dans le petit corridor, les gens qui m'ont précédé avaient recouvert les murs et les placards d'un papier peint astucieux: sur chaque panneau, ce sont comme des portes ou des fenêtres, dont les volets en trompe l'œil sont à peine entr'ouverts. Cela donne une belle impression de profondeur.

En m'inspirant de cela, j'ai soudain imaginé la solution. J'avais une pièce, une cuisine, une salle de bains, et cette petite entrée. Pour créer le sentiment d'espace, il me suffisait de l'imaginer! Je décidai de mettre une porte contre le mur du petit couloir. Une fausse porte bien sûr, mais tant qu'on ne l'ouvrait pas, qui allait savoir?

C'était lumineux, et mon angoisse soudain disparut. Si quelqu'un devait venir, j'imaginais aisément la scène: elle entre, je la fais asseoir, je m'excuse du désordre dû à mon travail et mes multiples occupations,... jusque-là, ça va...
Mais je prévoyais (bien sûr tout ceci était spéculatif) que très vraisemblablement la personne qui me rendrait visite regarderait, et, très probablement, s'enquerrait de mon appartement.
En voyant d'un côté ma pièce de travail, cuisine et salle d'eau, et de l'autre côté la belle porte bourgeoise, elle penserait, tout naturellement, qu'il s'agit d'un autre couloir menant aux salons et au hall de nuit.

Vous savez, ce genre d'idées ça passe comme ça, comme un grondement de tonnerre au loin sur l'Italie. On n'en est que vaguement conscient et l'on oublie aussitôt. Mais c'est comme un petit cristal, comme une semence dans votre cerveau.
Dès que vous avez dit le mot porte, vous commencez à regarder les portes, inconsciemment.

Et l'idée grandit, au hasard des rencontres, au soi-disant hasard de la vue qui court sur les choses. Je remarquais des magasins, que je n'avais jamais vus avant. Il y avait partout des portes, certaines très quelconques, d'autres beaucoup trop lourdes. Et un jour, j'ai vu Ma porte.

Là, il eut fallu réfléchir. Là, il était encore temps de raisonner. Mais non: le cristal avait grandi, ma tête était de pleine de l'idée, engorgée. Et, croyez-moi Pit, j'ai pris cela pour de l'instinct! Je suis entré, j'ai signé le chèque, j'ai fait livrer, et le lendemain matin, la porte était là.

Je suis descendu à la cave pour chercher mes outils. À propos, ils sont toujours en haut: dans le placard à chaussures. Encore du désordre!
Ce jour-là, j'ai travaillé jusque tard le soir, car je voulais un résultat impeccable. J'étais pris au jeu. J'exigeais que la porte donne réellement l'impression de mener quelque part. J'ai donc aminci le cadre et les chambranles. Finalement j'ai été amené à construire toute une fausse cloison, autour de la porte, afin d'en mieux camoufler l'épaisseur.

Et le soir, croyez-moi si vous voulez, je me suis couché avec un sentiment ... de propriétaire! Comprenez-moi bien: non seulement j'avais l'agréable impression d'avoir un beaucoup plus grand appartement, mais de plus, alors que je ne suis que locataire de mon studio, je me sentais, très distinctement, propriétaire de cet appartement voisin que déjà je savais très spacieux.

Le lendemain, j'avais quand même un doute. Je continuais à justifier ma démarche par l'idée d'une visite. Je jouai cette visite, j'en répétai les variantes possibles:

- Vous êtes bien installé ici.
- Oui... c'est très bien situé. J'ai choisi, pour travailler, la chambre au nord, la lumière y est meilleure.
- Ah oui. L'appartement est grand?
- Oui, il s'étend par là... raisonnablement vaste. Je vous prie de m'en excuser mais je ne puis pas vous le faire visiter: il y a quelqu'un dans les chambres...

D'évidence ce n'était pas l'idéal: d'abord une personne très fine, et il y avait bien des chances pour qu'une relation choisie ait cette finesse, aurait pu, ne fut-ce que soupçonner la supercherie. Ensuite, s'il fallait tout imaginer, il était possible qu'une de ces visites, que déjà j'escomptais nombreuses, ait été la visite d'une dame avec qui mes relations auraient une chance, comment dirais-je? ... de... d'évoluer.

Dans ce cas, évidemment, il ne s'indiquait pas d'évoquer avec une feinte discrétion une personne qui occuperait les chambres! C'était tout bonnement impossible. Du sabordage! D'autant plus,... d'autant plus, qu'il n'y aurait eu aucune raison, n'est-ce pas, je veux dire... pour cette possible jalousie...?

Mais, dans ces jeux du cerveau, nous sommes très astucieux, très fins pour nous tromper nous-mêmes, Monsieur Verdomme. J'ai vite trouvé la solution. Je suis allé tout droit acheter un miroir. J'ai démonté tout mon travail de la veille et je l'ai reconstruit dans d'autres dimensions afin d'y incorporer l'épaisseur du miroir que j'adaptai parfaitement dans l'encadrement interne de la porte. Ainsi, je créais du mouvement, de la lumière, une apparence de réalité, qui remplaçait avantageusement le mur de papier peint. Il me suffisait de laisser la porte à peine entrouverte, d'un doigt seulement.

Je m'entraînai de nouveau à jouer la scène. Tout devenait bien plus facile. Je laisse la porte entrouverte lorsque la personne entre, je fais mine de l'ouvrir mais je me ravise et la ferme; ou encore je la laisse un doigt ouverte, suivant la lumière, tout est possible. J'étais très fier de mon travail et très satisfait du résultat.

Ah, mais comme on se trompe, Monsieur, oh pardon, je veux dire Pit! Vous l'avez deviné n'est-ce pas, vous l'avez senti déjà: je n'ai jamais reçu de visite. Mais, par contre, ma vie a changé du tout au tout.

Quand je travaillais à ma table, j'avais maintenant l'étrange sentiment d'être isolé, rejeté comme un puni, mis en quarantaine dans le coin modeste de l'appartement. L'impression était très désagréable et perturbait mon travail.
Je pris donc l'habitude de laisser la porte ouverte et avec elle le tunnel du miroir. Alors, tout devint merveilleux. Non seulement je pouvais prétendre, à un improbable visiteur, que je disposais de cet appartement, non seulement je me sentais propriétaire de cet énorme domicile, mais en plus, j'en avais l'usage! Je le sentais là, accessible. Je n'y allais pas parce que je n'en avais pas besoin, mais il était là. Et comme, ainsi que vous le savez maintenant, j'ai un bon entraînement à la dépossession, à l'esprit de pauvreté, je pouvais même, plutôt que de m'interdire l'accès à l'autre aile, choisir librement de ne pas en faire usage. Par simplicité.

Pendant plusieurs semaines, grâce à cette atmosphère nouvelle, mon travail fut très productif et je me sentais vraiment satisfait.
Je me surpris souvent à chantonner.
Un lien immatériel se confirmait, de plus en plus chaud, avec la porte et, au-delà d'elle, avec la compagnie de ce grand chez-moi. J'entendais distinctement des bruits familiers que je n'avais jamais remarqués auparavant: bruits de vaisselle, voix, murmure de télévision. La focalisation de mon attention me faisait découvrir que j'avais des voisins. Mais très vite j'adoptai tous ces bruits comme ceux de "l'appartement".

154

Un soir de mai, il y aura bientôt six semaines, il faisait très calme et je travaillai tard sur la conception d'un nouveau projet. J'étais probablement captivé et peu conscient de mon environnement, et je me surpris, soudain, à appeler:

- Oh ho? Ça va là-bas? Je n'entends rien, tout va bien?

Depuis cet instant très précis, Monsieur Verdomme, le sol s'est dérobé sous mes pas, je vis dans une autre dimension... et j'ai peur! Par ces mots anodins, mais entièrement sincères dans ma distraction, j'avais créé la présence de l'Autre, qui, dès lors, échappa à mon contrôle.

Pit, la puissance du mot est terrible, si vous ne trichez pas.

Le lendemain, la présence était si forte qu'elle m'a complètement distrait de toutes mes occupations. Et le soir, n'en pouvant plus, je m'avançai vers la porte, sans toutefois oser y regarder, et j'appelai:

- Oh ho, tu es là?

A partir d'ici, je le crains bien, vous ne me croirez pas: les mots sont trop pauvres pour exprimer ce degré de réalité.
Mais pour moi le fait est là : une voix m'a répondu. Non, non, je ne suis pas fou, pas une voix physique, mais une voix très nette cependant, car ses réponses sont claires, immédiates et parfaitement indépendantes de ma volonté:

- Bien sûr que je suis là, grand sot! Où voudrais-tu que j'aille?
- Oh, je m'inquiétais simplement de ne rien entendre...
- Je lis. Ton travail avance bien?
- Oui, conception de... enfin, oui, tout va bien, j'y retourne

d'ailleurs. Bonne nuit...?

- Bonne nuit, mon Chéri, ne te fatigue pas trop. A demain.

En trois jours, nous avons construit une liaison merveilleuse. C'était déjà comme si nous nous étions toujours connus et pourtant chaque jour était une prudente découverte entre deux personnes sans histoire. Nos conversations devinrent de plus en plus longues. J'avais enfin découvert le sens de la vie: le sens du Deux.

Mais hélas, le bonheur ne dure jamais longtemps, surtout, je crois, quand il est de cette merveilleuse qualité.

Quelques jours plus tard, mes voisins de palier quittaient l'immeuble. Pour mon malheur, je passai en face de leur porte palière, qui était ouverte pour laisser travailler l'équipe de déménageurs, et je vis que déjà leur appartement offrait cet aspect de désolation, de carnage guerrier qu'ont toutes les habitations qu'on achève de vider.

Ce fut un nouveau choc: jamais je n'avais vu l'appartement voisin! Maintenant la pureté m'était devenue impossible: toujours cette image de fin d'un monde, d'un déracinement des âmes, de vacuité sale s'imposerait à mon esprit même dans ses états les plus vierges et réceptifs. J'avais cessé de croire.

Pendant deux jours, j'eus beau appeler, elle ne me répondait plus. Je fermai la porte.

Ce furent des journées de désolation. Le troisième jour, je crus entendre un appel:

"Tom, Peux-tu venir? Je me sens si faible."

Je haussai les épaules avec hargne. Évidemment, j'étais en train de me leurrer, de vouloir faire revivre un fantasme dont le ressort était bel et bien brisé. Je m'en voulais d'avoir cru à ma propre mystification, j'en voulais à cette voix ridicule, j'en voulais au monde entier.

Alors, pour tenter d'oublier, j'ai rapidement fait ma valise et je suis parti. En vacances! Loin de Monaco et de sa sécurité qui avait donné trop de loisirs à ma pensée, loin de son paysage qui soudain m'apparaissait comme un fallacieux décor théâtral de béton-pâte.

Le croiriez-vous? Même à Palerme, même dans le calme et la sérénité du monastère de Monreale que j'aime tant, je ne pus trouver la paix. Aux moments les plus incongrus, j'entendais la voix:

"Venez mon ami, je me sens mal..."

Alors, je suis rentré et j'ai fait quelque chose de terrible. Puisque les voisins étaient partis, je pouvais travailler doucement, on ne m'entendrait pas. Je me suis équipé: burin, marteau, pioche, et la nuit suivante j'ai attaqué le mur!

Mais... si réellement vous êtes intéressé, Pit, à votre Chaman, et à ... y croire ou pas, je vous invite. Venez voir!

*

Pit avait tout écouté, avec attention, toujours assis sur le banc, dans le parc du musée. À ce stade, son compagnon était de plus en plus secoué par l'émotion. Il ne put faire autrement que de l'accompagner.
Il se disait qu'une fois chez lui il reprendrait ses esprits et

que... Dieu sait, il lui ferait une tisane avant de le quitter, ou appellerait sa famille s'il en avait une.

Arrivé là-haut, il le vit ouvrir la porte de son studio avec des airs de mystère.

Pit eut l'envie de lui taper sur l'épaule avec une feinte affection et de le quitter là.

Il est dangereux de pénétrer l'intimité des gens. Dans le corridor, il y avait, en effet, une belle porte rapportée.

Quand elle fut ouverte, Pit fut sidéré de sentir quelque chose comme un courant d'air. Pas réellement un souffle froid, mais comme l'excroissance tentaculaire d'une atmosphère glaciale.

Derrière la porte, il y avait, en effet, dans le mur de briques, un trou de la hauteur d'un homme qui se penche.

"Venez!" dit Tom, et Pit le suivit. Ils pénétrèrent un appartement qui n'avait rien, mais vraiment rien de commun avec le studio, ni d'ailleurs avec tout l'immeuble moderne où ils étaient. Il avait dû être fort beau, mais il était impossible de l'apprécier, tant l'atmosphère était, sans raison apparente, terrifiante. La maigre lumière semblait venir de derrière les choses. D'une manière absurde, les étoffes et les tapis semblaient durs comme le cristal tandis que le bois des meubles, les marbres et les porcelaines offraient, sous la poussière, des surfaces apparemment spongieuses. Partout d'énormes toiles d'araignées pendaient lamentablement, comme des lichens éthérés.

C'était une grande maison de Maître, haute de plafond, une de ces demeures patriciennes qui souvent, dans la Principauté, portent le nom de "Villa". De toute évidence l'appartement n'avait plus été habité depuis plusieurs années.

Le mobilier était recouvert de housses, les cheminées étaient ouatées d'une couche de poussière si épaisse qu'elle était un peu figée dans son âge. Ils traversèrent d'abord un long couloir, un hall d'apparat avec des consoles de Boulle et, pour luminaires, des flambeaux dorés.

Dans le grand salon, une cheminée monumentale en marbre noir, douloureusement veiné de rouge sang, était soutenue par les épaules de deux cariatides nues. Au bout du salon, un énorme panneau d'acajou, de la forme d'une lyre un peu tarabiscotée, pendait au plafond et isolait quelque peu la loggia qui s'avançait en balcon, comme dans beaucoup de maisons monégasques de ce style.

On aurait presque pu deviner, sur la façade, les moulures un peu baroques, probablement blanches sur fond rose, qui donnent à ces demeures une allure irréelle, tour à tour scénique ou pâtissière suivant la lumière.

Au-dessus de la lyre et sur un de ses côtés, un drapé de velours mité était bridé en lourdes vagues théâtrales par une grosse cordelière vieil or.

Pit commençait à se sentir fort mal à l'aise, quand son compagnon l'arrêta:

- Voilà. Asseyez-vous un moment là, sur cette chaise. Voilà: je ne vous l'ai pas dit, mais quand je suis entré la première fois, je suis venu comme vous, avec la même attention curieuse et craintive à la fois. Et là derrière, j'ai trouvé comme une chambre. Et... Elle était là!

Il se prit la tête dans les mains et pleura. Elle était là, Monsieur Verdomme... morte. Je ne l'avais pas crue,

Monsieur, j'étais parti! En vacances! Mon amour, ma vie enfin rejointe, je l'ai tuée alors qu'elle m'appelait au secours!

Le pauvre homme était complètement démonté. Pit ne pouvait pousser sa sympathie plus loin, il fallait le ramener à la raison.

- Allons mon ami, réveillez-vous. Ne délirez pas, tout ceci est impossible, venez voir avec moi...

Il lui prit la main doucement mais avec fermeté et le guida vers l'alcôve qu'il avait désignée. À peine avaient-ils fait trois pas dans cette direction que Pit se figea.
Elle était bien là, allongée délicatement sur le couvre-lit de crochet terni. Elle semblait desséchée, diaphane, extrêmement légère, presque transparente. Ses traits étaient légèrement momifiés, mais on pouvait voir encore la beauté proprement angélique qui avait été la sienne. Pourtant elle avait dû être là fort longtemps car déjà les cheveux se détachaient du crâne.

Pit dut s'appuyer sur une commode et reprendre son souffle. Tom s'était assis au chevet du lit et avait pris délicatement la main de la morte. Il pleurait et soupira:

- Monsieur, je ne me sens pas bien... si ce n'est pas abuser de votre amabilité, pourriez-vous me chercher un verre d'eau dans la cuisine?

Pit sauta sur l'occasion pour sortir de là. Il rebroussa chemin rapidement vers le studio et se précipita dans la cuisine en tremblant. Lui non plus, il ne se sentait pas bien. Il se mit à vomir sans retenue dans l'évier.

Tandis qu'il faisait couler l'eau, il ouvrit la fenêtre toute grande pour que l'air frais lui rende ses sens.

Il entendit distinctement claquer la porte, puis un tintamarre de verre brisé.

Il se précipita, l'ouvrit à nouveau,... mais, devant lui, il n'y avait qu'un mur, couvert de papier peint.
A ses pieds, les mille morceaux du miroir, brisé.

Il ne pouvait en croire ses yeux.

Il prit vivement un marteau, dans l'armoire à chaussures, et sonda le mur, mais il n'entendit rien de particulier. C'était bien la brique, partout.

Il tapa de plus en plus fort, énervé, excité, fou d'angoisse, quand soudain il entendit une réponse! On tapait de l'autre côté!

Non: on tambourinait seulement à côté de lui, sur 1a porte d'entrée du studio. Il l'ouvrit et tomba nez à nez avec quelqu'un de très mécontent:

- Ce n'est pas fini, non? Qu'est-ce que vous lui voulez à mon mur ?

- Excusez-moi ... Excusez-moi, je... j'étais venu pour un travail. Je ... je crois que je me suis trompé d'étage.

Pit recula vers l'ascenseur, en s'excusant encore. De peur d'être rattrapé, il s'engouffra dans la cage d'escalier et dévala trois étages en courant avant de prendre l'ascenseur. Arrivé en bas, il s'empressa de sortir de l'immeuble.

*

Il descendit très rapidement les ruelles et passages jusqu'à la plage du Larvotto et s'y assit à une terrasse pour boire un petit café italien.

Il se calma peu à peu. Il prit son carnet de note et écrivit rapidement, quelques gribouillis presque illisibles où il était question d'Europe, de sécurité matérielle excessive, de magie du verbe et des images, de solipsisme et de vie virtuelle ...

Après un long moment de réflexion rêveuse, il rouvrit son carnet et écrivit, grand et lisible:

"Métissage indispensable de la science et de la nature, du cérébral et du physique"

Puis, en capitales, rageusement soulignées:

FAUT- IL DONC REPARTIR ?

*

VENT d'OUEST

Site antique de Gightis

- XV - Gabès

Pit était étendu au soleil sur la plage privée de l'hôtel Sahel. Son maillot à larges bandes formait un arc-en-ciel sur le paréo qui lui servait de natte. Il était presque arrivé au terme de la mission qu'il effectuait en Tunisie pour l'AGCD (Agence Générale de Coopération au Développement) et prenait un repos dominical bien mérité.

Sa mission se passait bien et, pourtant, Dieu sait s'il était parti avec des pieds de plomb! Ses récentes réflexions lui faisaient contester de plus en plus les pratiques de la coopération au développement et seule une insistance particulière du bureau de consultants lui avait finalement fait admettre qu'il était l'homme de la situation et qu'il devait accepter cette mission délicate.

Il aurait voulu convaincre l'Agence de la nécessité de revoir les termes d'un échange vrai entre les pays de cultures différentes. Les besoins en nourriture et en bien-être élémentaire des uns pouvaient tirer profit de notre coopération technique. Mais nous, dans nos pays industrialisés, nous buttons au fond d'un cul-de-sac matérialiste. Nous avons réellement besoin de nous ressourcer dans un partage, dans une communication. Comment mettre en place la réciprocité qui seule rendra la dignité à tous les acteurs de l'échange?

Ses collègues lui avaient montré qu'il serait mieux de ne pas brusquer l'Agence et de simplement respecter discrètement ses priorités personnelles dans l'exécution concrète des termes de l'étude, et il s'en félicitait. Il avait abordé cette mission avec un œil nouveau et se sentait en paix avec lui-même: nulle part ses conclusions n'auraient à aller, même insensiblement, à l'encontre de la nouvelle conscience qu'il avait du problème. On ne peut pas aller brusquement à l'encontre des géopolitiques nationales, mais on peut travailler à les infléchir modestement, avec persévérance.

En outre, les jours de congé et les longues soirées au bord du désert ou de la mer seraient une parfaite occasion pour mettre en chantier ce roman fantastique qu'il remettait sans cesse à plus tard.

La mer est fraîche et limpide, le soleil est chaud et le ciel est clair. Pour aujourd'hui, Pit est satisfait de se sentir à l'aise dans ce cliché touristique.

Ce n'est que lentement, après trois semaines de travail surtout intellectuel, qu'il renoue le contact avec ses sensations brutes, physiques.

C'est d'abord le sable. Pit est couché, le ventre sur le paréo de coton aux couleurs bleues délavées, une procession de souvenirs sensuels lui reviennent. Il a toujours aimé cette sensation à la fois minérale et voluptueuse du sable fin. Quand il est immobile le sable est dur comme la pierre. Dès quil bouge, même imperceptiblement, le sable coule comme de l'eau et c'est une caresse très sensuelle de la terre elle-même.

Il entend les mille et un murmures de la mer qui chuchote calmement. Il sent l'odeur capiteuse des fleurs d'oranger et de jasmin.

Un groupe de cavaliers passent derrière lui, au galop retenu des petits chevaux arabes.

Il goutte sur ses lèvres le sel de la mer, puis la douceur astringente des amandes qu'il a croquées, il y a quelques minutes. La vie est forte et riche de sensations.

Devant lui, deux jeunes anglaises, encore laiteuses de leurs brumes saxonnes, sont assises en lotus, les seins offerts au soleil, les yeux clos pour mieux en sentir la caresse.

Un peu sur le côté, deux angelots arabes, nus et encore asexués, font des galipettes dans le sable. Un peu plus près de Pit, un jeune adolescent est couché sur le dos et se gratte narcissiquement le nombril tout en rythmant, les yeux fermés, la musique mystérieuse de ses écouteurs.

Et plus à gauche, de merveilleuses jambes, les genoux un peu relevés, la peau bronzée et satinée par des huiles fines. C'est une jeune Allemande d'à peine vingt ans: Pit l'a vue revenir du bain, visage conquérant, yeux verts, cheveux blonds qui frisent légèrement, en dégoulinant d'eau salée.

Oui il est bien, au repos sur cette plage. Mais il n'a toujours rien fait pour son conte fantastique. Il aimerait l'écrire à quatre mains: avec une muse qui lui rappelle, à temps voulu, ces musiques cosmiques fortes de magie et de puissance vitale. Mais qui ?

Pit s'endormit au soleil en rêvant à celle ou celles qui pouvaient le rejoindre pour travailler à ce conte.

Il se réveilla avec un coup de soleil et la ferme intention de téléphoner à Delhia. Elle seule pouvait participer activement au projet,... et puis il aime sa façon d'écrire... et puis... elle doit venir, voilà tout.

- Allo ?... Allo ?... Non, Madame, je n'ai pas encore eu ma communication... Oui, merci... Allo ? ... ... Allo, Delhia ? C'est Pit, comment va ? Non, non, rentré déjà, puis reparti en Tunisie. Oui, oui, près de Gabès, sur la côte sud. Non, non, ça va même très bien. Écoute: J'ai eu une idée formidable. Tu te souviens que tu m'as dit, la dernière fois, que tu avais du mal à écrire ces mois-ci ? Mmh! Eh bien, j'ai trouvé ici une ambiance parfaite, entre mer et désert, et j'ai un projet. Mais il faut que tu viennes: nous allons écrire le conte fantastique dont je t'ai parlé, mais à quatre mains: toi et moi, ensemble. ... ... mais si: tu t'arranges. Secoue-toi: tu peux les confier à Pierre pour une semaine ou à ta mère. Écoute: je repars dans les oasis pour finir mon travail. Toi, tu t'organises et tu arrives à l'aéroport de Skanès, dimanche prochain. ... ... Non, tu n'as rien à réfléchir. Je te dis que c'est le conte de notre vie, je le sens. Et d'ailleurs, tu ne pourras pas me rappeler: je pars dans le désert avec tente et barda. Je serai à Skanès dimanche, puis chaque jour, au vol de l'après-midi. Viens dimanche. Je t'attends. ... ... Bise. Je dois couper. Je compte sur toi. Ciao.

Il en transpirait. C'est tellement surhumain de tenter de communiquer une émotion créatrice par téléphone! Ou tout autre émotion, d'ailleurs. Pit détestait cet outil dès qu'il s'agissait de transmettre autre chose que des faits ou des chiffres.

- XVI - Delhia

L'airbus de Luxair s'était posé sans problème, après avoir survolé les salines rougeâtres de Monastir dans un ciel tremblant de reflets, sous la chaleur. Il tourna en bout de piste et fit vrombir ses moteurs pour reprendre juste assez de mouvement et venir s'arrêter derrière l'aérogare.

Pit ne pouvait s'empêcher de ressentir un peu d'angoisse: et si Delhia avait décidé de ne pas venir? C'en serait foutu de sa semaine de vacances créatrices!

Il s'était longuement préparé à cette période d'inspiration dirigée et d'écriture à deux: tous les matins, dans son campement, il s'était astreint à une heure de méditation, face à l'Est, pour se pénétrer de l'ambiance et des images puissantes de l'éveil de la nature. Tous les soirs, il avait écouté ses rêves et préparé dans son esprit les lieux et les rites qu'il utiliserait pour entendre le fantastique. Si Delhia n'était pas là, tout le château de cartes s'écroulait.

La passerelle était avancée. Les moteurs arrêtés et la porte enfin ouverte. Comme tout était lent! Et que diable venaient faire tous ces touristes sur cet avion?

C'est elle! Toute beige, vraie saharienne, sac cuir en bandoulière, cheveux blonds au vent, le front légèrement relevé, conquérant, Afrique me voici!

Delhia..., te voilà!

Déjà, Pit chargeait la voiture. Avec sa sensibilité habituelle, Delhia semblait s'être immédiatement adaptée à l'espace qu'il voulait construire.

Sur la route de l'aéroport, en quelques phrases, elle avait mis Pit au courant des petites difficultés de son départ: Pierre surtout s'était montré réticent, un peu jaloux, sûrement, de ces vacances impromptues et de tout ce qu'il devinait, derrière, d'un territoire magique auquel il n'avait pas accès.

Delhia disait "difficultés", pas "hésitations". Et elle semblait en parler surtout pour pouvoir tourner la page. Apparemment elle était là maintenant, tout entière, face au livre blanc qu'ils désiraient remplir.

Dès leur arrivée à l'hôtel, ils allèrent se baigner. La mer était agitée, quelque peu énervée sous le vent d'Est, mais la brise était chaude. Ils jouaient dans l'eau comme des enfants. Pit avait le rire à la gorge, sûr de lui, sûr d'eux et de leur projet.

Il contemplait Delhia qui lui apparaissait au meilleur de sa forme, depuis vingt-quatre ans maintenant qu'ils se connaissent. Pour Pit, elle est l'image de LA Femme.

Les hanches pleines, les cuisses en amphore, les seins pesants, ni trop hauts, ni trop bas, c'est la femme génitrice, c'est la Terre Mère. Les jambes longues et musclées, la peau lisse et profonde, c'est la gazelle, aussi. Et quoiqu'elle soit paisible et plutôt lente, Pit s'attend toujours à ce qu'elle bondisse soudain pour un cent mètres olympique. Il y a quelque chose de félin dans le muscle de son mollet.

Ses épaules aussi sont puissantes, rondes et musclées. Quand elle porte un tee-shirt et qu'il la voit de dos, Pit l'imagine capable d'abattre des arbres. C'est son côté garçon, son allure motocycliste, un peu trouble peut-être mais tellement proche. Et quand il contemple ces épaules, Pit sent comme un appétit. Il voudrait l'enlacer et qu'ils se roulent, se confondent dans la sciure de bois ou dans l'huile de vidange.

Mais c'est dans sa face qu'est tout le mystère. Le nez aquilin, les yeux outre-mer, la crinière drue et sauvage. C'est à la fois l'image du druide célébrant les antiques mystères celtiques et la grande prêtresse un peu trouble des magies inquiétantes.

La mer est dans ses yeux, dans sa peau. Ses mains, ses pieds sont la forêt vivante.

Oui, à travers tous leurs jeux, pour Pit, Delhia n'est pas seulement une muse, c'est une égérie, une grande prêtresse, la déesse. Mais, de tout cela, il ne lui a jamais dit un mot. Trop peur de passer pour fou à ses yeux!

Ils sont amis depuis plus de vingt ans. Ils furent confidents jadis, pendant plusieurs années, et ils en ont gardé un contact immédiat qu'ils peuvent renouer à tout instant.

Les émotions amoureuses les ont menés sur des sentiers séparés et, à chaque rencontre, l'écoute de la confidence les a rapprochés un peu plus, tout en les séparant. Ils se sont toujours aimés, sans que jamais un geste, une parole ne fassent mine de l'exprimer.

Et c'est déjà un miracle qu'ils se retrouvent ensemble, dans cet espace nouveau, car partager des vacances était en fait, pour tous deux, proprement impensable.

- Alors, grand chasseur blanc, tout est prêt?

- Ne m'appelle pas comme ça, s'il te plait, tu me rappelles un vieux théâtre dont, Dieu merci, j'ai perdu les décors! Je vérifie l'huile et nous pourrons partir.

Delhia lève les bras pour se nouer un foulard sur les cheveux et Pit sourit avec tendresse: elle s'est toujours refusée à se raser les aisselles, et ce détail-là il l'avait oublié. Et pourtant c'est ça qu'il aime en elle: la nature.

Il s'approche d'elle en souriant et lui pose un doigt plein d'huile de vidange sur le nez:

- Tu ne changeras jamais ... ... ce pourrait être notre première phrase fantastique.

- Toi non plus, sale mécano... va te laver les mains!

- O.K., O.K.! Installe-toi. On y va.

- XVII - Plancton

La nuit était tombée. Pit avait repéré, quelques jours auparavant, une toute petite crique rocheuse dont le fond semblait artificiel tant le sable y était blanc et parfaitement lissé. On y accédait par une étroite corniche qui faisait comme un escalier, taillé à même le rocher.

Les pierres y étaient coupantes et dures sous la semelle. À marée haute, il n'y avait pas de plage et, par grand vent, les vagues y explosaient et repartaient vers la mer, comme furieuses d'avoir été piégées dans ce cul-de-sac de petites falaises.

Ce soir, il n'y avait pas la moindre brise et la lune faisait seulement deviner comme un grand bassin, un rien plus sombre que la mer ouverte, protégé qu'il était par les falaises un peu inquiétantes.

Pit et Delhia descendaient prudemment, se tenant par la main. Comme souvent, la lumière de la lune sculptait des ombres qui soulignaient indifféremment des crevasses ou des arêtes, des trous apparemment insondables ou des excroissances soudaines.

Pit chuchotait, jetant dans le vent, pour Delhia, des bribes de réflexion, à peine construites.

- La lune est tellement l'image de toute une dimension qui nous manque pour avoir une approche holistique des choses... Tellement qu'elle cesse d'en être un symbole pour en devenir la substance.

Le soleil, dans son évidence brutale, prétend nous montrer la réalité, mais sa lumière violente est rejetée par la surface des choses. Et ce que nous prenons hâtivement pour l'Être n'est que son aptitude à se protéger, en la rejetant, d'une lumière trop brûlante.

L'aube et le crépuscule nous ont toujours rendu la méditation plus facile qu'en plein midi, comme si l'adresse d'une lumière plus douce permettait aux choses de répondre, de parler d'elles sans cette timidité figée qu'ont les enfants pour les adultes qui crient.

Mais la lune, c'est autre chose encore. Comme si elle nous faisait pressentir, en chaque chose, la part étrangère à la conscience qu'ont, de soi, les choses et les êtres. Chaque chose inscrit, dans l'éther, l'empreinte de soi mais aussi de son inverse, créant et appelant ainsi son complément.

Delhia rit:

- J'ai rarement entendu des propositions aussi détournées... tu crois que c'est l'effet de la timidité ou l'expression directe de ton inconscient?

- Tu m'embêtes, femme de peu de foi! Et d'ailleurs qu'importe! Quelque part tu as probablement raison: "tout est en tout", n'est-ce pas ? Allez, va jouer dans l'eau pendant que je parle aux étoiles!

En souriant il alla s'asseoir sur une grosse pierre et se laissa entraîner dans la contemplation du ciel.

Delhia se dévêtit dans la nuit, et entra prudemment dans l'eau qui était parfaitement tiède.

176

Seul un petit clapotis rappelait doucement qu'il s'agissait de la mer, énorme et si violente parfois.

Sous ses pieds, le sable était propre et doux, juste assez granuleux pour donner ce toucher de cohésion fluide, de sécurité instable. Plus elle avançait dans la mer, plus elle ressentait un paisible relâchement. Toutes les tensions, toutes les contradictions, lui semblaient s'écouler dans la masse de l'eau. La sensation était si agréable qu'elle s'immergea complètement, un court moment, pour ne laisser pas même un cheveu sans contact avec l'onde.

Elle ressortit la tête et les épaules, toute ruisselante, et dans sa joie fit une virevolte en traçant de ses mains un grand cercle dans l'eau.

Pit fut sorti de sa rêverie par la vue soudaine d'un cercle d'étoiles illuminant une naïade nue qui dansait dans la mer. Le calme et la chaleur avaient concentré dans la crique des colonies entières de plancton dont les gestes de Delhia allumaient la phosphorescence éphémère.

Subjugué par la beauté vivante du phénomène, Pit entra dans l'eau lui aussi et tous deux se mirent à jouer doucement en sculptant la lumière.

Se rapprochant puis s'éloignant l'un de l'autre, en une danse lente de voltes et d'entrechats, ils construisaient un ballet fantastique.

La lune était maintenant cachée par la falaise et, lorsqu'ils s'immobilisaient, l'obscurité était complète.

Mais au moindre mouvement s'allumaient des myriades d'étoiles. Dans leurs déplacements, les corps n'étaient pas éclairés, mais laissaient, derrière eux, comme une empreinte de lumière.

Tout en dansant Pit essayait de suivre et de saisir des yeux les images fugitives que dessinaient, un bref instant, les millions de minuscules étoiles vivantes. Le mouvement d'une jambe, l'onde d'un déhanchement de Delhia, déjà disparu, l'empreinte du profil de ses seins, alors qu'elle lui tourne déjà le dos, et partout les arabesques des doigts qui caressent l'eau en laissant derrière eux des voiles d'incandescence.

Tout est si fugitif que Pit est incapable de faire la part de l'image et de l'imaginaire, du perçu et du projeté. Il voudrait voir, arrêter ces images pour s'en abreuver et s'assurer de leur substance, les posséder.

Quand il s'approche de Delhia, et à condition de rester sans relâche en mouvement, il peut l'éclairer.

Elle reste immobile maintenant, dans l'eau jusqu'aux épaules, et Pit tente de la dessiner d'un pinceau de lumière. Des deux mains, il éveille les étoiles, aussi près que possible de sa peau. Les images du corps de Delhia sont irréelles dans leur fugacité et, en même temps, elles sont comme Delhia elle-même, créée sous ses mains. Mais elle meurt à chaque instant et seul le mouvement la fait sans cesse renaître.

Pit est saisi et subjugué à la fois par le désir de posséder et par la dynamique fantastique de cette création. Il se rappelle la peinture et la calligraphie chinoises: la nécessité de se projeter dans son sujet puis de résoudre la dualité afin de pouvoir ensuite, d'un seul geste continu et harmonieux, exprimer, dans la tension même du tracé, la substance de l'autre et de soi-même.

C'est la vie, c'est l'univers qu'il a devant lui. Et, Pit le sent bien, la possession n'y a pas de place.

S'il veut s'arrêter un moment pour s'abreuver d'une image, elle disparaît. Et au-delà même des images, il sent bien que toujours cela restera vrai: s'il voulait même éteindre la pluie d'étoiles et la serrer dans ses bras, que pourrait-il posséder, qu'étreindrait-il de plus que son propre rêve?

Mais *être*, peut-être..., pourquoi pas?

Lentement, la mer est descendue et a commencé à découvrir quelques mètres de sable fin, en bordure des galets.

Pit secoue la tête et les épaules en un large mouvement et plonge sous l'eau pour quelques puissantes brasses.

Il sort de l'eau, presque entièrement rasséréné, s'ébroue, sourit à la lune qui vient juste de surgir, et appelle Delhia :

- Viens, Delhia, tu vas finir par te brûler à ces feux follets! Viens avec moi prendre un bain de lune ...

- Un bain de lune?, rit Delhia en s'arrachant à regret à la mer, ne crains-tu pas d'être suffisamment lunatique comme tu es?

Mais Pit s'allongeait déjà sur le sable, les membres en croix, les yeux fermés, entièrement offert à la lune comme s'il en espérait un bronzage spécial de l'âme:

- Allez, viens ici près de moi...

Delhia s'allongea mais sans parvenir à se faire une niche confortable. Finalement, elle vint poser la tête sur la jambe de Pit, s'étira elle aussi autant que possible dans tous les sens, et laissa échapper un long soupir de contentement:

- Et bien parle-moi de ta lune, puisque c'est notre sujet ce soir.

- Mm..., simplement, cela me sidère parfois de penser à tous ces gens qui s'adonnent sans réserve au culte du soleil, et à lui seul. J'aime beaucoup le soleil, mais pas tout seul: j'aime la pluie aussi, et le vent, et l'orage.

Et en reprenant contact ici avec le culte de Tanit, la déesse lune des Phéniciens carthaginois, je me dis qu'elle ferait un pendant efficace face au soleil. Pas pour les opposer, bien sûr, mais pour qu'ils se complètent, pour que tout être vivant grandisse dans une dynamique qui le fasse continuellement pulser entre ces deux pôles: le soleil et la lune, le jour et la nuit, la construction et la créativité, la structure et la fluidité.

Je ne comprends pas les gens qui ronchonnent quand il pleut: c'est la pluie qui fait les belles journées ensoleillées dans les forêts d'Ardenne et les verts bocages d'Irlande et de Bretagne. C'est grâce à la pluie que les vacances d'été sont si agréablement chaudes dans les pinèdes du Var ou même en Sicile entre mer et oliveraies.

Cette idolâtrie exclusive du soleil est absurde: imagine, ou plutôt vois ce que fait le soleil lorsqu'il est seul: le désert! C'est la stérilité pétrifiée, le minéral qui fossilise le squelette du vivant en des cristaux à l'architecture admirable, certes, mais morte dans son immobile certitude. C'est l'abêtissement des femmes objets qui tournent lentement à la rôtissoire des plages mondaines.

Prends garde: je ne prône pas l'excès inverse... Je sais que la lune seule est toute aussi stérile. La lune seule c'est la nuit éternelle, c'est l'hiver et sa dague de glace, c'est l'inondation mortelle, la poésie mécanique, le culte sanguinaire qui jeta ici, même, des milliers d'enfants innocents dans la gueule chauffée à blanc du dieu Amon Baal.

Mais je crois qu'aujourd'hui, dans nos pays d'Europe, la structure l'emporte sur la fluidité nécessaire à la dynamique, à la créativité, à la vie.

Et je crois que toi et moi nous pouvons, nous devons peut-être, nous tourner vers la lune et écouter son message... lui faire un sacrifice, ou quelque chose du genre, que sais-je, mais nous mettre à l'écoute et répercuter le message pour ramener un peu de fécondité, un peu d'élan, dans les plaines et les forêts du Nord.

- Oui ... Je comprends... nous pouvons probablement faire quelque chose dans ce sens, pour notre livre. Et il nous faut certainement être deux, car ton dialogue du soleil et de la lune c'est aussi le tandem de l'homme et de la femme. Tu me l'as souvent entendu dire, je commence à sérieusement penser que, depuis Napoléon, nous avons un peu trop laissé les hommes jouer seuls avec la société...

Mais continue: parle-moi de ta lune, dis-moi ce qu'elle te dit...

Quand Delhia prenait ainsi la répartie avec une certaine légèreté, souvent Pit se sentait, pour un court instant, inquiet, presque vexé. Mais il connaissait, depuis très longtemps, le regard qu'elle avait en ces moments-là et il savait, par expérience, qu'il n'y entrait aucune moquerie. Jadis déjà, lors de leurs interminables dissertations de jeunes gens, tard dans la nuit, quelque peu éméchés par les Martinis Gins qu'ils sirotaient pour se prendre au sérieux, ils refaisaient le monde.

Et déjà alors, il était habituel, qu'après une tirade particulièrement engagée de Pit, il puisse lire dans ses yeux cette pétillance qui accompagnait son "oui, et alors...?"

Ce n'était pas du doute, ni de la condescendance, mais plutôt l'expression de l'intimité attentive d'une Eurydice confiante qui dirait, (mais en fait sans le dire), qui *serait* plutôt: "Oui, Orphée, je sais que ce que tu me dis est vrai. Je connais cela. Je ne l'ai pas exprimé, mais c'est ainsi que je le vis au plus profond. Mais, de grâce, ne te retourne pas! Et toi, toi qui as trouvé les mots pour le dire, trouve, reçois de quelque part, la force d'aller de l'avant. Et dis-nous: d'ici, où allons-nous?"

À deux ou cinq ans de distance, à six ou onze mille kilomètres, Pit a toujours été capable de ramener ce regard à la surface de sa mémoire et de le pyrograver à neuf au coeur de sa conscience. C'est le souvenir de ce regard, et la qualité du sentiment qu'il réveille, qui lui a parfois fait penser, dans les pires moments de doute ou dans les gueules de bois les plus existentiellement douloureuses, que peut-être Delhia et lui avaient manqué quelque chose en méprisant la possibilité offerte d'un amour que certainement ils avaient trouvé trop banal, trop évident.

Cette simplicité même avait entraîné la fatalité d'aller ailleurs lui préférer, elle, la sécurité de la bourgeoisie, lui, l'aventure du défi.

Tout cela était déjà filigrané entre les rides malicieuses de ce sourire qui, depuis l'adolescence, lui avait exprimé la main tendue de l'intimité. Cette intimité qui est celle, facile mais combien complexe, des couples de province.

"Vois, Pit, avaient dit le sourire et le corps de Delhia, et toutes les vibrations autour, vois: je SUIS ce que tu cherches, je ne le dis pas, je ne peux pas l'exprimer par des mots, mais je le suis. Je suis le vent, tu es la fleur; tu es l'arbre, je suis

182

l'oiseau. Mais c'est un infini trop paisible, une cosmogonie banale, une fortune de saute-ruisseau, car nous sommes modelés de la même glèbe. Mes sens se sont éveillés, en même temps que les tiens, aux printemps des mêmes processions rogatoires, arrosant d'eau bénite les mêmes chemins creux et couvrant de cantiques les mêmes champs, les mêmes semis. J'ai rodé ma liberté aux mêmes fêtes champêtres des mêmes écoles. Nous avons tremblé des mêmes orages, nous avons fané les mêmes foins, pataugé dans les mêmes ruisseaux. Nous avons cristallisé à partir d'un même tissu de vibrations..."

- Eh ? Tu rêves?

- Oui...

- Et l'on peut savoir à quoi, Poète?

- Eh ! Doucement... J'étais loin: je pensais à toi. Je pensais à jadis, au village. Je pensais que peut-être nous avions eu en main la matière d'un grand amour que nous n'avons pas su reconnaître.

- Oh, ça, j'en suis convaincue. Mais c'est très bien ainsi.

- ... ... ?

- Oui: tout d'abord, tu dois faire la part des choses. En rapprochant brusquement cet aujourd'hui et ce jadis, tu refermes une seule des innombrables boucles du temps. Quelle est dans cette ellipse la part de ton désir? Et celle de ta lassitude? Et puis, surtout, aurais-tu pu te satisfaire des questions simples du notaire ou du bedeau, des réponses sages du cantonnier ou du docteur de famille?
Non, Pit, tu as suivi ta voie. Il te fallait tout revivre, tout souffrir, tout réinventer. Tu n'aurais pas pu simplement te

183

nourrir de la connaissance prédigérée d'une sagesse de sept mille ans.

- Mais pourquoi?

- Cela, Pit, si tu me permets l'expression, Dieu, et lui seul probablement, le sait.

- ... facile, non?...

- Non, vrai. C'est la Vie, avec un grand "V". C'est ta vie dans la Vie. C'est toi! Sinon, dis-moi pourquoi tu aurais collectionné les défis, comme tu l'as fait? Pourquoi aurais-tu été chercher tes compagnes aux antipodes de ta culture, de ta classe, de ta langue? Tu voulais hybrider, parce que tu voulais aller plus loin. Et pourquoi aurais-tu voulu les posséder jusque dans leurs âmes, en un schéma de fidélité éternelle, d'identification des personnalités, pour ensuite les abandonner pour aimer, car je sais que tu les as aimées, des prostituées de terrains vagues, de fonds de klongs, de bars de marins, ou, mieux encore, les tromper avec des rêves de fantôme? Pourquoi si ce n'est pour vivre, au plus profond de toi, un désordre tel que tu ne puisses qu'en mourir, ou alors en sortir l'ébauche d'un ordre supérieur, d'une cohérence plus belle que celle qu'on t'a apprise, plus harmonieuse même, espères-tu, que celle dont peuvent seulement rêver les autres?

- ... Comment sais-tu tout cela?

- Pourquoi m'as-tu appelée, moi, lorsqu'il s'est agi de décider si, et comment, tu allais porter le ciseau dans cette ébauche?

Delhia s'était relevée sur un coude et lui passait tendrement la main sur le front:

184

- Parle-moi de la lune...

- Oui...

Pit releva lui aussi le buste et, s'asseyant sur le sable, prit la main de Delhia et ferma les yeux pour se concentrer.

- J'aime la lune,... parce qu'elle symbolise tout ce qui me manque, comme homme, douloureusement, et tout ce qu'il nous faut retrouver, comme humains, sous peine de péril grave. C'est une partie inconnue de notre terre qui nous a été arrachée pour nous éclairer de là-haut, pour mieux nous parler du monde, du mouvement du soleil et des étoiles, de l'univers. De la même façon, je sens en moi une partie inconnue, en deçà des mots, en amont de la pensée, où tout est inscrit. Mais je ne puis la lire que si je l'arrache hors de moi pour la satelliser et lui parler la nuit...

Pit était concentré, les yeux serrés, il serrait fort le poignet de Delhia:

- Mais où le projeter? Sur quoi, sur qui "altériser" cette essence brute qui ne peut pas avoir de nom? Ici même, il y a quelque deux mille huit cents ans, ils l'appelèrent Tanit. Mais ils ne surent lui parler. Ils ne purent lire que son mystère et ne trouvèrent, pour exprimer leur foi, que le sacrifice barbare, l'immolation, par milliers, d'enfants innocents. Je ne puis croire que la mort nourrisse la vie, du moins pas de cette façon.
Mais on peut partir de là... de là et de toutes les vibrations fantastiques si faciles à trouver dans ce pays où tant de races ont dévoué leur génie aux forces occultes ou mystiques, bâtissant des portes entre la mer et le désert.

185

Nous devrions pouvoir ramasser le flambeau des bâtisseurs de ribats, mi casernes, mi monastères, que construisirent les Aghlabides pour protéger des infidèles leurs bibliothèques de savoir, leurs jardins paradisiaques, leur mysticisme, leur ivrognerie et leurs débauches.

Pit s'était levé et arpentait maintenant le sable de grandes enjambées théâtrales, complètement emporté dans sa vision:

- Nous découvrirons le saint des saints. Si nécessaire, nous rebâtirons le Grand Ribat, celui qui n'a jamais existé. Nous passerons sept ans à en tracer les plans, en nous nourrissant de grenouilles et de lotus. Nous irons à pied jusqu'à Khephren pour mesurer, en pas de chamelier, l'orientation exacte de la porte prime.
Nous taillerons le marbre rose d'Atlantis avec des machines à eau qu'actionneront les marées. Il nous faudra bâtir une forêt de symboles, dont le sens univoque crie plus fort que la réalité des hommes, dont le cri soit La Réalité. Alors, s'éloignera, effrayé, le vol des vautours percnoptères.

Et quand le Grand Ribat sera construit, tu monteras sur sa plus haute tour, et, les bras tendus en oraison, tu offriras ... à... Dieu (je l'ai dit!), tu offriras à Dieu l'enfant improbable, le fruit fantastique de la solution de notre altérité. Alors, en suivant les ombres de son âme projetées par les lueurs des trois étoiles, je franchirai, tremblant et condamnable, les ordalies successives des portes qui déstructurent le labyrinthe. Et, comme il est dit dans la prière d'Islam:

" Lorsque le soldat pénétrera le
ciel, huit portes s'ouvriront enfin,
en gémissant le nom de Dieu."

- XVIII - Opium

- Tu vois, ce que je cherche c'est à atteindre, par le conscient, des mondes que j'ai pressentis dans l'inconscience.

J'ai rencontré de nombreuses portes étroites, ouvrant sur d'autres mondes inconnus et meilleurs. Mais quand j'y pense j'ai le sentiment que, chaque fois, j'ai été doublement inconscient : par ignorance et par intention. J'étais ignorant de ma propre quête, et chaque fois qu'une de ces petites portes s'entrebâillait c'était sous l'effet d'un excitant que je subissais comme une drogue et non comme un moyen.

Mysticisme, esthétisme, alcool, sexe, ganja, théologie, ... Chaque fois, c'était comme si un œil, mais un œil seulement, passait entre deux planches de la palissade et capturait une image fugitive de cet autre monde. Mais chaque fois le passage était trop étroit: je restais coincé de l'autre côté. Trop grosse tête, trop gros coeur, trop gros ventre, trop gros moi. Et l'œil, incongru au bout de son appendice mou, à la Dali, devait se rétracter entre les planches de la palissade, en s'écorchant douloureusement aux échardes.

J'ai cent souvenirs de ce genre. Je me souviens, il y a très longtemps, d'un lever de soleil sur la lagune du Zwin. Le chant des tout premiers oiseaux. La cristallisation progressive du monde des lumières. Avec cet esprit mauve des landes qui infuse l'air avant même que celui-ci soit sorti des ténèbres. Et les brumes magiques de la Flandre. Mais toute la nuit, je m'étais noyé dans l'alcool et dans les rêves que les marins ressassent dans les petits bars du port. J'ai failli voir Dieu, ce matin là. Mais il nous est trop difficile de vomir et de nous envoler en même temps.

J'aurais pu aussi, je pense, franchir la passerelle du fantastique. Une nuit, j'aurais pu intégrer les intuitions alchimiques de Jean Ray et de Thomas Owen à la fois. C'était dans une fumerie à Luang Prapang. Un abord incroyable: un vrai dédale, sur des planches boueuses, posées de pierre en pierre, dans la nuit. Des passages mystérieux sur des passerelles douteuses au-dessus des cloaques, des faufilades entre des cases de bambou arachnéennes et gémissantes qui tremblaient sur leurs pilotis. Pour finalement soulever une tôle et pénétrer dans une espèce de catacombe. Dès l'entrée, un vrai rite de passage: s'habituer à respirer autre chose que de l'air : l'odeur âcre et sacrée de l'opium. Trois pièces se succèdent, suivant les moyens de chacun. Dans la première, terre battue, sous têtes en bois, pipes de bois au fourneau de terre cuite, murs en pisé. Derrière un voile de coton, une deuxième pièce: il y a des nattes, et les lampes à brûler sont sur des petits reposoirs en bambou. Quelques images de la vie de Gautama sont pendues, chromos encadrés sur des murs à moitié propres. Tentures de soie sauvage. Absolument incongrues dans ce demi souterrain au milieu d'un terrain vague. Et derrière, enfin, une chambre de palais. Un candélabre en argent à trois branches fait danser les ombres et les lumières dans une pièce qui mêle à la fois la misère et l'apparat. Le sol est toujours en terre, les murs en planches brutes, qui laissent même voir les reflets de la lune à travers quelques nœuds évidés.
Mais il y a, là, deux châlits au cadre d'acajou, les oreillers sont de velours noir et les pipes à opium sont en argent filigrané.

Au fond de la pièce, tiens-toi bien, un lit à baldaquin en ébène sculpté, simple mais riche, avec un vrai matelas et un jeté de lit en crochet de coton blanc. Sur une des colonnes du lit, un oiseau de proie vaguement empaillé ou momifié, raide, debout, avait un air très digne et désabusé, sous une épaisse couche de poussière confite dans la fumée. De-ci, de-là, plusieurs coupes en argent où flottent d'inquiétantes orchidées. Et un présentoir avec un arrangement floral traditionnel: les fleurs sans tige sont enfilées sur des fins dards de bambou et chaque séquence a un sens rituel. Comme une prière magique.

Dans les deux premières salles, je m'en souviens comme si j'y étais, j'ai senti la présence de fantômes. Et c'était bien naturel car chacun couché là avait quitté son corps pour voyager ailleurs. J'aurais pu tenter de voir, par leur lucarne. Mais j'étais trop lourd de ma propre solitude. J'étais trop lourd de moi, et trop évidemment décidé à me payer le luxe de la chambre du fond, pour y sentir, physiquement, la double fausse sécurité de l'apparat et de la compagnie de celle qui, au hasard des jours, m'avait mené là. Ce fut très sensuel et aurait pu l'être bien plus encore mais je mélangeais les genres. Je n'ai jamais voulu faire ma cour, longue et pénible, à la maîtresse brune. C'est ainsi qu'appellent l'opium ceux de mes amis qui lui ont vendu leur âme. Je carburais donc à la vodka dont j'avais emporté une bouteille avec moi.

Chande, c'est ainsi que je nommais ma guide. Chande, pour Chandernagor. Je la connais depuis toujours, ou presque. Elle avait cette odeur de suif et de laine humide qui est inscrite dans ma mémoire depuis mes cinq ans, lorsque je me roulais dans la peau de mouton de ma chambre, à la recherche de ces odeurs, beaucoup, et du plaisir de

189

l'étouffement, un peu. Elle avait gagné, maintenant, un parfum de musc et d'épices indiennes. Insondable complexité des jardins du Tamil Nadu. Je l'avais suivie sans me retourner. Elle ne m'a jamais dit un mot. Je crois qu'elle était européenne mais ne pourrais en jurer. Ses yeux verts étaient définitivement ailleurs et c'est probablement pourquoi je l'avais suivie. Elle était un peu trop maigre, mais, avec sa tenue chinoise et sa multitude de bracelets de pacotille, elle avait des allures de derviche indien. Entre les yeux perdus, un point mauve, à l'Indienne, lui donnait un air inquiétant. Sans équivoque possible, elle était venue pour fumer et pour rien d'autre. Et pourtant il y eut entre nous un contact très intensément physique. Je ne saurai jamais si elle sentit trop fort ma solitude, si elle voulut simplement me repayer sa part du voyage, ou si je n'ai rien compris, ce qui est le plus probable. Couchée à mon côté, sur ce lit improbable, elle me tourna d'abord le dos pour faire grésiller à l'aise la première boulette collante.

La gardienne du lieu était une très vieille femme. Incroyablement ridée, on l'aurait crue tout droit sortie du domaine des morts. Elle se déplaçait aussi silencieusement que si elle avait marché à deux pouces du sol. Tout en elle était gris, gris blanchâtre. Le voile, les cheveux, la peau, tout sauf le grand trou rouge vif de la bouche édentée et sanglante de bétel chiqué. De temps en temps elle passait près de chacun, disposait une jambe ou un bras, ou encore retirait une pipe qui n'avait plus d'objet. Quand elle avait fini son tour, elle venait s'asseoir sur un tabouret près du lit à colonnes et me massait consciencieusement les pieds. Quand mon étrange inconnue se retourna vers moi, elle resta couchée sur le dos, immobile. Nous étions comme deux

190

gisants de pierre. Le seul mouvement perceptible dans la chambre était celui des doigts squelettiques de la vieille qui continuait inlassablement son massage.

Au début, les gisants ne se touchaient même pas. Ma voisine était comme morte. Puis, comme par accident, nos petits doigts se touchèrent et soudain j'avais complètement cessé d'être seul. Dieu seul sait ce qu'elle voulait, ce qu'elle cherchait, où elle était. Mais, là où elle était, il y avait quelqu'un et ce quelqu'un était maintenant dans mon corps. Et, à travers son petit doigt, elle développait comme une excroissance de son enveloppe, qui m'enfermait tout entier. Je me sentais comme intégré dans son aura. Par habitude, ou par culture?, j'aurais aimé moi aussi la contenir dans mes bras, dans mes baisers, mes caresses, mais j'étais incapable de bouger.

La vieille, toujours attentionnée et silencieuse, lui prépara une autre pipe. Elle se remit sur le côté et la fuma en toute béatitude. Lorsqu'elle eut fini cette pipe, elle se tourna vers moi et, avec des gestes lents et éthérés, elle me posa deux doigts sur la tête et y fit comme un cercle, une tonsure.
Puis avec une éternelle lenteur, ses doigts descendirent sur mon front et tracèrent une ligne médiane tout au long de mon corps toujours figé dans l'immobilité. Elle s'arrêtait parfois pour presser doucement mais très longtemps en certains points de ma face puis de mon torse. Je ne sentais que sa main. Et pourtant j'étais en contact sensuel avec son corps tout entier. Dans le relief de ses deux doigts qui descendaient lentement le long de mon nez, de ma bouche, je sentais réellement toute la sensualité de ses joues, de ses lèvres, de ses seins, de ses cuisses. Comme si elle était une petite mandragore vivante qui parcourait mon corps pour

191

bien l'ensorceler, mais petit à petit tombait amoureuse. Au fur et à mesure que sa main descendait, elle se tournait un peu plus sur le ventre et reculait en une glissade imperceptible sur le jeté de lit.

La vieille s'était discrètement éclipsée. S'arrêtant au plexus, puis autour du nombril, sa main descendait avec une lenteur infinie. Elle arriva à la chaîne d'argent qui me servait de ceinture, sur mon pagne indigo. Elle la décrocha sans que je ne sente rien.

Les yeux fermés, comme tétanisés par l'extrême lenteur du mouvement, je m'attendais à sentir ses doigts sur ma hampe, et j'imaginais qu'ils allaient s'écarter comme deux petites jambes. Mais c'est la bouche qu'elle y porta.

Elle se mit à me fumer, juste comme elle avait fumé l'opium : à petites tétées profondes du bout des lèvres. J'avais perdu la conscience d'être. Étais-je moi? Étais-je une pipe? Ma tête une boulette d'opium? Mon cerveau la résine aux essences magiques? J'ouvris les yeux et dans la lumière vacillante des chandelles, je fus surpris de la trouver les yeux ouverts. Mais son regard était toujours aussi vert, aussi fixe, aussi absent de ce monde. Ses cheveux noirs séparés d'une raie au milieu lui faisaient comme deux bandeaux reliés dans la nuque et plaqués au front. Et j'avais l'impression, très nette et quelque peu effrayante, qu'elle me regardait à travers ce point violet et non par ses yeux. Et elle continuait à me fumer avec la même régularité profonde et paisible qu'elle aurait mise sur sa pipe.

La caresse était extrêmement absorbante et précise. Je reste convaincu que ce jour-là, dans mon abandon et mon incapacité à contrôler quoique ce soit, j'aurais pu, avec l'aide de tous les esprits du lieu, franchir une porte. Et à partir de là, qui sait, remonter une à une les portes des autres mondes, ces chakras qu'elle m'avait indiqués du bout des doigts.

Cette fois là, j'avais probablement laissé dehors mon moi solitaire. Mais, avec la vodka, je poussais, en même temps, sur une autre porte. Et il n'est pas possible de franchir deux portes à la fois.

Je pense, aujourd'hui encore, qu'il faut les ouvrir une à une, et dans l'ordre. À la place de partir, avec tout cet étrange cortège, pour une procession rituelle, un voyage initiatique inconnu, je suis resté là, sur mon matelas. Et, entre la caresse et la vodka, je me suis endormi !

- Mais là, Pit, tu as touché à la fois à l'Art Royal et au Tantra de la main gauche!

- Oui, un petit pas hésitant dans *l'œuvre au noir*, peut-être, mais rien encore qui relève du tantra du sexe. Je dirais plutôt que ce sont elles, ces voies, qui m'ont touché mais je ne l'ai pas compris: j'ai mélangé les pièces du puzzle. *Je crois que le fantastique c'est l'esprit qui te tend la main. Mais il faut la prendre, et ensuite il faut passer les portes, et dans l'ordre.*
Tu comprends maintenant, Delhia, que je ne t'ai pas simplement invitée à un projet littéraire. Je crois réellement que tu as les pouvoirs nécessaires. Et je voudrais avec toi appeler et lire le fantastique. Et peut être, qui sait, passer une première porte?

- Et tout ça en une semaine?

- Je crois que c'est possible. Je pense que c'est question de conscientiser et de purifier notre écoute. Si tu peux te souvenir de tes rencontres avec les esprits qui

193

t'accompagnent, et ensuite les inviter avec toi, je crois qu'ils peuvent t'aider à entendre les esprits de ces lieux-ci.

Et ici c'est le pays de Tanit et des forces lunaires. Il nous faut une druidesse, une déesse terre-mer pour l'écouter. Cette prêtresse, je voudrais que ce soit toi Delhia, et que tu intègres les forces du lieu et communiques avec leurs esprits.

- XIX - El Jem

Delhia était impatiente de se plonger à son tour dans cette ambiance fantastique à laquelle Pit à chaque détour de conversation faisait, plus ou moins clairement, allusion.

D'un commun accord, ils avaient décidé d'aller errer dans la région de El Jem, l'ancienne Thysdrus romaine, afin, comme disait Pit, de régler au plus vite son compte à l'ambiance romaine avant d'aller chercher les vibrations d'esprits plus anciens de l'époque carthaginoise ou même proprement phénicienne.

Dès leur arrivée en vue de El Jem, ils réalisèrent que leur pèlerinage les mènerait nécessairement au grand amphithéâtre. Dans la plaine semi désertique, la petite bourgade de maisons basses et modestes se voyait à peine. Mais de plusieurs kilomètres loin, ils avaient pu voir l'énorme Colisée qui semblait les attendre.

Delhia n'en croyait pas ses yeux.

- C'est le plus grand amphithéâtre romain d'Afrique, expliqua Pit. Bien après qu'on y tint les jeux sanglants du cirque, il servit de refuge à de nombreux résistants de toutes les époques. Kahina, la pucelle berbère, y mena jusqu'à la mort sa dernière résistance contre les envahisseurs arabes.

Pit et Delhia visitèrent longuement la grande arène de sable, entourée des trois étages de pierre de grand appareil. Ils s'attardèrent sur les divers culs de basse-fosse en imaginant avec effroi les gladiateurs, les lions, et les chrétiens qui allaient les nourrir dans cette débauche de jeux qui n'étaient que bains de sang et cruelle violence.

Ils s'étaient maintenant assis sur un des gradins et contemplaient l'ovale de l'imposante construction en cherchant à imaginer comment ils pouvaient s'en servir.

- Remarque qu'il forme comme un cratère et que son ovale en fait une espèce de panier, un berceau, un utérus. Cela évoque assez la porte d'un possible voyage chamanique. Qu'en penses-tu?

- Oui, dit Delhia. Et ce soleil, presque à la méridienne, me rappelle dans ce cirque les danses d'initiation des indiens d'Amérique. Mais... pas trop de sang s'il te plait. L'idée des lions me suffit amplement.

- D'accord. Si nous allions nous mettre au milieu?
Je propose que nous essayions de faire une méditation chamanique à deux. Je ne l'ai jamais fait. À la place de chercher l'entrée du tunnel dans l'image d'un lieu connu ou imaginaire, nous pourrions essayer de la trouver dans la contemplation de l'autre.

- O.K. grand gourou... je te suis...

Un peu moqueurs mais bien décidés, ils allèrent au centre de l'arène et s'assirent face à face, en position de yogi, sous le soleil ardent. Rapidement Pit trouve sa respiration et procède à une relaxation systématique de tous ses membres. Puis il se met à muser une sorte d'incantation sourde.

Comme il le racontera plus tard à Delhia, il cherche à se concentrer entièrement en un seul point de son corps physique, mais n'y arrive pas vraiment. Il se sent ramassé en deux pôles : l'un à hauteur du plexus, l'autre au niveau du front. Les deux points, ovales et brillants, lui apparaissent reliés par un lien d'énergie, comme un cordon ombilical.

"J'essayai d'abord de pénétrer par ta bouche, lui expliqua-t-il. Je suis arrivé facilement à grimper un escalier de pierre qui m'a mené sur une espèce de terrasse de donjon dans ta tête. Sur la terrasse, je vis un très gros œuf de cristal opaque mais très lumineux. C'était comme si j'avais eu en face de moi toute ta pensée. J'ai voulu prendre l'œuf et le soulever, mais il était extrêmement lourd. J'ai dû me mettre à genoux, le prendre d'abord dans mes bras et faire un effort énorme. Finalement j'y arrivai et il devint plus léger. Je le portais au bout de mes bras, comme une offrande, comme un ostensoir. Mais je ne pouvais pas aller plus loin: j'ai dû le reposer, redescendre l'escalier et ressortir.

J'essayai alors ton nombril mais, comme de bien entendu, c'était un cul-de-sac, dit-il en souriant. Finalement, descendant toujours le long de ton corps que je contemplais, j'arrivai en pensée à l'orifice de ton vagin, qui m'apparut comme une fleur d'arum avec un pistil rouge. Écartant les pétales comme si j'entrouvrais de lourdes tentures de velours, je pénétrai et accédai à un long, très long couloir, entièrement tapissé de draperies d'abord très sombres puis de toutes les couleurs, de plus en plus claires. Finalement, tout au bout du tunnel, je débouchai sur la lumière et je découvris un jardin d'éden. Végétation luxuriante mais docile. Lumière douce et tendre de l'aube.

Je descendis une petite vallée en pente douce, bordée d'un muret de pierre calcaire qui soutenait en terrasse quelques oliviers. J'arrivai à une grande mare très magique, en

197

partie couverte de potamogétons. Mais l'impression n'était pas celle d'un marécage. Plutôt l'image claire et fruitée d'un petit lac. Au bord de la pièce d'eau une énorme grenouille m'accueillit. Elle me regarda, tendrement, comme si je venais enfin la libérer. Et, d'une patte proprement humaine, elle me fit cadeau d'un cristal de roche. Elle me montra un petit sentier bordé de deux haies de roses trémières. Au bout de l'allée se nouait une charmille formant coupole et, devant moi, un miroir. Encadré dans de lourdes moulures vieil or, il se balançait lentement sur son support. Je dois avouer que je pris un peu peur. Je n'eus ni le courage de m'y regarder ni celui de traverser le miroir, bien que j'en aie eu l'idée. Je fis demi-tour et, le coeur content mais un peu pressé, je refis le chemin dans l'autre sens ... et me voici.
Et toi ?"

Avant de répondre, Delhia remit son chapeau de paille. Elle transpirait sous le soleil, et les mèches de cheveux blonds qui lui collaient aux tempes la rendaient à la fois très sensuelle et un peu inquiétante.

- J'ai pu me concentrer assez facilement. Je me suis projetée en pensée dans ton œil gauche par où je suis rentrée. Arrivée au centre de la pupille, je fus prise dans un tourbillon, comme dans un cyclone. Je sentis très bien le vertige d'une chute interminable. Je fus déposée en douceur dans un endroit que je ne puis mieux décrire qu'en disant que c'était une... forêt de harpes.
Je ne vois plus l'image avec précision, mais je vois à la fois des arbres en bois vernis et des cordes de harpe. Il y a des harpes verticales, d'autres horizontales ou obliques et elles s'enchevêtrent dans tous les sens. Mon impression esthétique était celle d'être dans l'espace créé par une surface de

révolution et en même temps dans une atmosphère très musicale. Au-delà de la forêt, grimpait une colline et au-dessus de la colline l'azur du ciel, et un oiseau qui volait haut, très, très haut. J'étais tentée de l'appeler pour en faire ma monture et voler avec lui mais je n'ai pas osé.

Au flanc de la colline, je trouvai comme une petite caverne, juste un passage comme le départ d'un toboggan. Je m'y assis et me laissai glisser. Je suis alors entrée dans un tout autre monde. Comme une sphère assez sombre, presque entièrement remplie d'un réseau compliqué de toboggans. Avec de brusques aiguillages. Dans l'obscurité, certains aiguillages sont marqués d'une lanterne, un peu fantomatique. Ça tourne très vite, toujours très brusquement. J'avais peur. La descente s'accéléra pour finir en une réelle chute, puis je sortis par ton œil droit. Et ... je me retrouve ici, avec, je l'avoue, un énorme "ouf" de soulagement.

*

Après cette expérience, ils avaient tous deux faim. Salade, *brick* et *ojja*, les spécialités locales leur furent servies dans un relais de caravanes, en bordure de la ville. Pendant tout l'après-midi, très intellectuellement, ils discutèrent, supputèrent, cherchèrent des interprétations de leurs voyages. Pit revenait surtout à sa rencontre avec la grenouille.

- Plus j'y pense, plus j'aime cette grenouille. Elle me parle. Je me rends compte que j'ai rencontré de nombreuses grenouilles dans ma vie. Et puis cette merveilleuse métamorphose du têtard en grenouille, c'est réellement comme la mutation de la vie aquatique à la vie terrestre. C'est

199

aussi le symbole du changement, tu vois... du passage d'un état de conscience à un état supérieur.

Je m'identifie facilement à une jeune grenouille: comme si, ayant nagé durant des années dans l'étang, j'avais enfin résorbé ma vésicule. Je découvre une autre dimension. Mais je suis là au bord de la terre et je reste immobile, un peu craintif: ces nouveaux espaces secs m'effraient encore.

Delhia ne pouvait s'empêcher de rester plus critique:

- Il reste quand même de nombreuses questions, si nous voulons en faire un conte ou un scénario. Je n'ai moi non plus jamais expérimenté ce genre de voyage autrement que seule. Je ne vois pas bien si c'était, ici aussi, ce voyage à travers l'inconscient de notre mémoire ancienne, ou même archaïque. Ou bien fut-ce vraiment, dans une certaine mesure, un voyage en l'autre?

- Je ne sais pas. Il semble en effet contradictoire que je trouve en toi une action, un effort que moi je fais, et également étonnant que j'y rencontre des images de moi! ... mais... si je te considère comme le pôle Yin, ou plus simplement féminin, de notre binôme, il reste vrai que c'est bien en toi, intimement, que j'ai pénétré. Et ce jardin d'Eden, au fond d'un vagin de draperies, c'est bien toi d'une façon ou d'une autre?

- Mais, Pit, si tu découvres en moi une structure d'accueil, de réceptivité, comment se fait-il que je trouve en toi une sphère musicale plus lumineuse, plus importante même que la seconde sphère de réseaux structurés qui, traditionnellement, serait ton aspect solaire?

- Té, dit Pit en prenant soudain l'accent de Cassis, par Orphée, c'est peut-être que je suis le poète, pas le fonctionnaire!

Delhia restait songeuse:

- Et ton cristal de roche? Que symbolise-t-il ?

- Symbole, symbole ... C'est un cadeau que j'ai reçu de l'esprit grenouille. C'est tout. Tu es bien trop sceptique. Tu sais, nous sommes dans ce cirque où de longues et tragiques processions de chrétiens acceptèrent une mort horrible, dévorés par les fauves, par Foi pour leur Dieu.
Il me semble, ma grande prêtresse, que tu n'as pas encore cette foi en tes dieux?

- Non. Je ne crois pas: pas encore.

- Viens.

Pit l'emmène par la main jusqu'à la voiture. Le soir tombe déjà et après être sortis de la paisible bourgade, ils s'enfoncent dans le désert vers le sud-ouest, sur une piste sableuse, au hasard.

- Où va-t-on?

- Je ne sais pas. Attends. Laisse-moi faire un moment. J'essaye d'écouter...

Pit continue. Il roule lentement. Entre chien et loup, le désert prend des allures un peu troubles. Il a l'air préoccupé. Attentif.

Devant, au loin, le djebel fait une muraille noire. Soudain la voiture ralentit. Pit semble de plus en plus attentif.

Il s'arrête. Ouvre la portière:

- Viens...

Il marche. Ils marchent hors de la piste dans le sable rocailleux.

Pit s'arrête, fait quelques pas à gauche, hume l'air, ferme les yeux un moment, marche une douzaine de pas encore devant lui, s'arrête et s'assied.

Delhia frissonne un peu, inconfortable dans la nuit.

Pit ferme les yeux. Il respire lentement. Il se lève, fait deux pas seulement et se baisse pour ramasser une pierre ronde, grosse comme un petit pain. Ses épaules retombent, détendues. Il prend la pierre à deux mains, la porte a ses lèvres, et la baise sous la lune, avec un grand sourire:

- Viens, dit-il à Delhia.

Il s'approche d'elle, et doucement, avec des gestes pleins de tendresse et précaution il lui soulève les pans de sa large robe et met la pierre à même la peau nue de son ventre. Elle sent la tiédeur du soleil dans cette pierre. Et aussi comme une vibration qui lui descend jusqu'aux jambes, tandis que, très lentement, Pit, un genou en terre, descend la sphère jusqu'au bas de son ventre, et l'en délivre comme d'un enfant.

- Oh merci Delhia ..., merci ...

Il court à la piste. Arrivé à la voiture, il ouvre le coffre et y prend la trousse à outils dont il sort un petit marteau.

Il frappe la pierre à coups secs et énergiques, tout autour, en un cercle.

Delhia regarde, abasourdie.

La pierre s'ouvre et un éclat brille sous la lune.

C'est une géode, et en son centre, parmi de plus petits cristaux, un grand cristal de roche vibre, gros comme le pouce.

- XX - Gightis

La petite 4X4 italienne se jouait des bancs de sable sur la piste de Ben Gardane. Pit a des années de piste dans les mains. Pas seulement dans les mains d'ailleurs. Il aime conduire avec le dos et les membres décrispés, ce qui lui permet d'accompagner avec souplesse les mouvements du véhicule. Il en éprouve le même genre d'ivresse sensuelle qu'à godiller sur les pistes de neige poudreuse.

Ils avaient pris cette vieille piste pour se sentir plus proches de la nature environnante. Sur quarante kilomètres, pas de bitume, pas de trafic, pas de touristes. Seulement des dunes de sable et, parfois, de toutes petites oasis autour de vagues points d'eau.

De temps en temps, ils voyaient au loin la mer et, entre elle et eux, de vastes *sebkhas*, lagunes mortes à la croûte de sel et d'argile brûlante sous le soleil. Mais surtout, par ce chemin, Pit voulait aborder les ruines de Gightis par l'Est, en toute pureté, et arriver droit sur la porte de la vieille ville phénicienne.

La veille au soir, assis au bord de la mer, Pit avait longuement expliqué à Delhia:

- Je ne connaissais rien de Gightis. Je passais par hasard sur cette route, pour aller à Jorf, prendre le bac. Je pensais encore à mon travail quand tout à coup une force extérieure, que j'ai commencé à reconnaître depuis quelque temps, m'a contraint à m'arrêter.

Depuis deux ans environ, j'ai décidé de cesser de lutter contre ce genre d'intuition, et chaque fois j'écoute. C'est comme si une voix me parlait pour me donner des indications très claires. Je les exécute et presque toujours je découvre quelque chose. Comme je freinais la voiture, je me sentis appelé par deux colonnes de pierre sur la gauche de la route, qui m'attiraient à elles comme un aimant. J'arrêtai la voiture, j'en sortis et je me dirigeai vers ces deux colonnes avec une décision et une énergie physique implacables, comme dans un état second.

Je marchais à grandes enjambées, sans égard pour les épines et broussailles qui étaient sur mon chemin. Arrivé à quelque trente mètres des colonnes, je vis le soleil, déjà descendant, juste entre les deux chapiteaux.

Je m'arrêtai et je sentis une grande paix, comme une vacuité.
Je sentais que j'étais là où je devais être. Je regardai le soleil qui venait d'entrer entre les deux colonnes. Instinctivement je tirai la boussole de ma poche et relevai la direction indiquée par l'enfilade du soleil et des colonnes. Je retournai à la voiture pour porter cette direction sur la carte.

C'est ainsi que je découvris Gightis, ruine dite romaine et en effet indiquée, sur la carte, par un tout petit symbole qui m'avait échappé.

Plus tard, j'appris dans mes lectures que les ruines, qui sont aujourd'hui sur ce site, sont en effet romaines mais furent édifiées sur un ancien site phénicien. Ce port de Gightis fut pour l'Asie Mineure, puis pour l'Empire Romain,

206

une porte de l'Afrique qui y voyait entrer les épices et le bois, et en sortir l'or et les esclaves.

En dix minutes, avec la voiture, j'étais sur place. Une fois encore cette force me poussa à marcher rapidement et, sans aucune hésitation, j'arrivai à la porte qui donne sur l'ancien port, aujourd'hui enfoui dans les sables.

Par cette porte, je pénétrai dans un petit forum carré et la force, qui m'avait par deux fois poussé dans le dos, me fit comprendre qu'il y avait là un message pour moi.

Je me suis installé au centre du forum, assis, les yeux tournés vers la porte, et je me mis, autant que je le pouvais, en position d'écoute.
Poussé par l'instinct, j'allai jusqu'à dire, à intelligible voix, car tu sais Delhia, dans ces matières, la parole est capitale! : " Je suis là. Qui es-tu? Je t'écoute."

Par ma bouche, sans hésitation, et je te le garantis, Delhia, sans aucune pensée construite de ma part, la réponse me vint. C'était un esprit féminin, déesse païenne de la nature. Elle me dit:

"Je t'ai mené ici pour que tu voies. Tu construiras un espace de communication. Un forum avec une porte vers l'Est. Tourne-toi et regarde."

Je me tournai et vit les ruines de la base d'un petit temple.

" *À l'Ouest, tu bâtiras un temple: une élévation à laquelle mèneront deux volées successives de sept marches chacune*
Une volée rose et ocre d'abord
Une blanche ensuite.

Tu n'oublieras pas d'enlever ta chaussure gauche et de t'ôter cette
épine qui blesse ton pied avant d'entreprendre quoi que ce soit
Et souviens-toi qu'ici c'est le pays de Tanit,
La déesse Lune.
Les Romains y ont apporté une géométrie où le lunaire n'était plus
qu'un instinct subconscient,
Mais l'espace magique était et reste carthaginois.
À toi de le recréer
Je t'enverrai une femme..."

- Ces mots, Delhia, étaient clairs et nets. Ils sont gravés dans ma mémoire. Et je n'y comprenais rien. J'y ai pensé plusieurs jours. Plusieurs nuits. Et finalement je t'ai appelée. Tu comprends bien que je ne pouvais pas t'expliquer tout cela au téléphone. Tu m'aurais peut-être envoyé des infirmiers à ta place.

- Non. Peut-être pas. Tu me rappelles certaines choses... Des sensations précises, il y a longtemps. Lors d'un voyage en Irlande, en plein trip celtique. Mais aussi sur des tertres de notre Ardenne, souvent re-sacralisés par des chapelles chrétiennes. J'ai vainement tenté de chasser tout cela de mon esprit. Tu sais, femme de médecin, et mère de famille... Mais, au contraire ce sont des souvenirs brûlants. Tu as bien fait de m'appeler: je comprends tout cela bien mieux ici. Je crois que nous en sommes plus proches déjà.

- Oui, peut-être. J'ai retourné ce message dans tous les sens. J'y vois certaines indications qui évoquent mes projets de me consacrer plus intensément à l'éveil, à un renouveau de valeurs humanistes. Mais je reste convaincu qu'il faut aussi prendre le message au premier degré. Et nous remettre à l'écoute. Et là, je crois comprendre son allusion à la femme et à la structure: s'il s'agit bien d'un dialogue avec La Cohérence, d'une prise de conscience de cette cohérence, elle ne peut être qu'un équilibre entre des énergies de polarités complémentaires. Il serait donc élégant de confier au mâle, au solaire, la tâche plus réceptive et créatrice, et de laisser à un élément plus féminin, plus lunaire, la structuration géométrique du concept.

Il y a, là, une double antinomie qui, en statique, s'annihilerait mais, en dynamique, peut créer une spirale motrice.

Ils en avaient parlé une bonne partie de la nuit. Et Delhia se sentait de plus en plus liée au projet.

*

Maintenant, dans la voiture, ils se taisaient, presque religieusement. Et bientôt, au détour d'une dernière dune, Pit arrêta la voiture.

- Voilà. Regarde: Gightis...

À contre jour, sur le soleil qui descendait, on en voyait tous les éléments: la porte du port, le petit forum, les ruines du temple avec les culots carrés des colonnes, et, un peu sur la gauche, dans la vallée, tout près d'un bouquet de palmiers, les anciens thermes.

Delhia était sortie de la voiture et regardait, longuement, silencieuse. Elle s'appuya d'une main sur le capot, comme un peu ivre.

- Pit... Guide-moi! Il y a quelque chose ici, mais je ne sais pas ce qu'il faut faire.

- Donne-moi la main. Aujourd'hui, tu es le médium. Viens. Il est bon que tu te purifies.

Ils marchèrent ensemble jusqu'au bouquet de palmiers. Au pied des palmiers, juste au-dessus des thermes, s'ouvrait une grande vasque d'eau limpide, comme souvent dans les oasis.

- De nos jours, les berbères d'ici l'appellent "Ain Cain", la source de Caïn, mais je ne puis pas garantir que le nom soit aussi ancien qu'il n'en a l'air.

Delhia évolue un peu comme un automate. Pit la guide par la main et l'assied sur une grosse pierre au bord de la source. D'un mouvement naturel, elle lève les bras au-dessus de la tête et Pit lui ôte sa robe, avec des gestes très doux. Elle réalise alors qu'à l'autre bout du réservoir, six jeunes hommes sont en train de se laver et se sont soudain arrêtés pour la regarder. Son premier réflexe est de cacher sa nudité de ses deux bras, mais Pit lui parle doucement:

- N'aie crainte. Ils ne te feront rien de mal. Ton bain doit te purifier symboliquement de toutes les scories de la vie mais aussi des restants de culpabilité et de fausse pudeur. Quant à eux, n'oublie pas : si tu es pure, tu ne peux scandaliser.

Rassurée, sans un mot, très calme et paisiblement souriante, Delhia entre dans la source. Pour la toute première fois, Pit la voit nue. Elle est plus belle encore qu'il l'avait imaginée. Il se sent gonflé d'admiration, d'adoration presque.

Non pas une simple attraction sexuelle mais comme une attention décuplée de tous ses sens connus et inconnus.

Comme une turgescence du corps et de l'âme à la fois. D'un geste de danseuse, Delhia noue ses cheveux en une torche puis descend jusqu'au cou dans l'eau cristalline. Elle ferme les yeux et commence à se lisser lentement la peau tout entière, comme pour se débarrasser de la moindre impureté. Lorsqu'elle rouvre les yeux, Pit lui tend la main et l'aide à sortir, ruisselante. La brise marine est un peu fraîche et, sous sa caresse, sa peau, ses seins et ses narines frémissantes se dardent comme mille et une antennes entièrement ouvertes à l'écoute.

Avec des gestes presque rituels, Pit déplie la robe bleu ciel qu'il a préparée pour elle. C'est une longue gandoura de coton presque diaphane. Il la lui passe par-dessus la tête, à même le corps mouillé. Il y a fait coudre deux bandes verticales de couleur indigo, derrière et devant, du cou jusqu'à terre. Le fin coton berbère, un peu rêche, lui colle au corps. Pit lui ceint le front d'une autre bande de coton indigo avec au centre un œil rebrodé. La druidesse est prête.

Sans plus parler, Pit, entraîne Delhia de deux doigts seulement et la guide vers le centre du forum. Là, à l'intersection des deux diagonales du carré, il y a une grande pierre plate plus ou moins ronde. Toujours sans un mot, Pit installe la druidesse au milieu de la pierre, lui remonte les jambes en position de Lotus et dispose les plis de la gandoura. Puis il passe derrière Delhia et s'assied, lui aussi. Il commence à lui parler d'une voix monotone, lente, presque hypnotique.

211

- Par le bain tu t'es purifiée. Nous allons tenter, maintenant, de sensibiliser tous les niveaux de ta conscience.

Nous irons du terrestre au cosmique, de la terre à l'éther, du matériel au spirituel. J'ai une grosse pierre en main. Je vais en frapper le roc sur lequel tu es assise, sur un rythme binaire de tam-tam primitif. Identifie bien la vibration. Deviens cette vibration qui va monter du coccyx au cerveau.

Et Pit se met à taper la pierre sur le roc, sur un rythme lent et pesant: ... Dam... Dam... Dam...

De l'extérieur, le bruit est sec et minéral, mais pour Delhia le roc vibre. Elle sent d'abord son fondement épouser la pierre puis lentement la vibration la pénètre et remonte sa colonne, vertèbre par vertèbre. Finalement elle atteint l'occiput et, dès lors, chaque coup fait un petit bouquet d'étincelles qui irradie son cerveau.

Pit continue de la même voix:

- Maintenant, je te laisse faire l'ouverture systématique des chakras. Tu chantes les sons traditionnels en montant successivement du fondement jusqu'au chakra royal. Tiens les notes successives aussi longtemps que possible. Et accompagne-les, dans ton esprit, des images que tu connais.

Il sait que Delhia a l'habitude, à travers le Yoga, de cette pratique indienne d'ouverture aux vibrations cosmiques. En effet elle se met, très calmement, à vocaliser des notes soutenues, en se concentrant sur les nœuds d'énergie qu'elle veut décrisper par ces vibrations internes. Après une quinzaine de minutes, elle a atteint le chakra du front, entre les deux yeux.

- Très bien... Dernier niveau (garde bien les yeux fermés). Concentre-toi sur le dessus de la tête, légèrement en arrière. Et en reprenant successivement tous ces sons, tu vas essayer de faire résonner le centre de la transcendance. Vois comme les sons de base entraînent, en résonance, la vibration d'un point, à l'arrière du cerveau, et y forme comme un entonnoir prêt à recevoir les messages du cosmos. Tu peux t'aider du son "ultra U" qui est un "u" légèrement sifflé, un peu comme le bruit d'une turbine.

Delhia exécute exactement ces instructions. Arrivée au "u", elle a du mal à sortir le septième son. Calmement, elle s'y reprend, depuis le début, et lorsque, finalement, elle sort de ses lèvres ce "ultra U" de musique stellaire, elle voit et sent clairement l'entonnoir de lumière violette qui sort au bord de sa fontanelle et monte jusqu'aux étoiles. Pit s'est tu. Il sait qu'il n'est plus nécessaire de la guider. Delhia est assise en parfait lotus. Les mains ouvertes sur les genoux, paumes vers le haut, deux doigts joints à chaque main: Jupiter sur Vénus.

Elle se met à osciller lentement le tronc, ce qui la met en rythme, tandis que ses fesses nues la maintiennent à la terre par une sorte de succion et que le cône violet semble chercher le contact dans le ciel. Soudain, elle se lève. Les yeux fixes, le geste lent, elle gravit les degrés qui mènent au temple en ruine. Elle ramasse une nervure de palme et trace dans la poussière un cercle au milieu des six colonnes. Elle s'assied en son centre, reprend sa position, ferme les yeux et recommence à osciller lentement d'avant en arrière.

Le soleil est maintenant bas sur l'horizon. Soudain elle s'arrête d'osciller et fixe, au loin, la voûte du ciel, au-dessus de la mer, qui fait un dôme sur les eaux qui s'assombrissent:

213

Je vois une coupole opaque. Comme une banquise, un calotte de glace éternelle. Elle est loin, tout au Nord. Au pôle peut-être. Je vois comme une gigantesque méduse. Des dizaines de fins tentacules en descendent et forment un réseau inextricable qui est comme la structure de la terre, comme son exosquelette.

Qui es-tu? Je suis là.

Alors la voix de Delhia change. Elle devient plus grave et plus lente encore et les mots viennent, détachés:

Je suis Thor Margal, le dieu du Nord.
Je suis le dieu de toutes structures et de l'ordre.
Tu cours deux dangers à communiquer avec moi.
Je puis t'écraser sous le poids du temple même qui est sous toi.
Après m'avoir vu, tu peux aussi quitter cet endroit complètement folle.
Mais si tu ne romps pas le charme, tu n'as rien à craindre.
Je suis votre ami à tous deux.
Et le cercle te protège.
Tu m'écoutes?

- Oui Thor, je t'écoute. Parle.

Bien.
Pit et toi allez ouvrir une porte, bientôt.
Vous devez le faire ensemble.
Tu seras prêtresse de la lune. Donc, pour ouvrir la porte, tu sacrifieras au soleil. Pit devra créer l'espace et c'est toi qui devras habiter la structure.
Vous choisirez une plage bien abritée des vents.

Vous y tracerez un cercle de dix-sept pas de diamètre.

Pit, tu dessineras une spirale qui s'enroule à l'inverse du mouvement du soleil et qui se termine tangentiellement à un cercle plus petit, au centre du premier. Le petit cercle aura un rayon de sept pieds.

En son centre, tu planteras un piquet de sept pieds de haut, en bois, qui aura longuement trempé dans la mer.

Au lever de la lune, tu te coucheras au milieu, tête vers l'ouest, bras et jambes écartées, parfaitement nu, et ton sexe appuyé en contact intime avec la base du mât.

Quand l'ombre du mât, portée au sol par la lune, s'inscrira à l'intérieur de la ligne spiralée, Delhia entrera dans l'aire sacrée, nue elle aussi.

Alors vous vous agenouillerez, de part et d'autre du mât et vous vous regarderez dans les yeux.

Le reste sera l'affaire de Tanit.

Choisissez la nuit où elle se lève dans la constellation des Gémeaux.

Delhia se tut et laissa tomber le menton sur la poitrine. En deux bonds Pit fut près d'elle. Il se mit debout derrière elle et commença à lui masser lentement la nuque et les épaules. Bientôt elle releva la tête et la pencha légèrement en arrière. Pit lui caressa doucement les tempes, puis lui dénoua son bandeau. Se penchant en avant, il lui enserra la taille dans les mains et lui posa un chaste baiser juste là où, il y a un instant encore, l'œil indigo le regardait. Elle se leva, mit la tête au creux de son épaule et, tournés vers le soleil qui maintenant disparaissait, ils restèrent ainsi un long moment.

- XXI - Rituel

Le lendemain, Delhia était assez impatiente:

- Alors que faisons-nous? Où allons-nous pour ce chantier magique?

Je ne pense pas qu'il faille aller plus loin ... nous devrions avoir assez de matériel et d'inspiration pour nous mettre à écrire. Courir au travail comme des rats c'est une folie, mais s'enfermer dans un monde onirique plus ou moins poétique c'en serait une autre! Nous avons découvert que lorsque nous nous mettons dans une position attentive sincère et que nous posons une question claire, nous recevons toujours une réponse. Aller plus loin pourrait être risqué. Tout peut mener à l'excès. Pense à ces moines cisterciens, à Orval ou à Cîteaux et aux tentations qu'ils avouent de devenir avares de leur idéal. Comme si le vice de la possession pouvait nous rattraper à propos de richesses aussi éthérées que la connaissance ou aussi paradoxales que la quête de la pauvreté!

*

- Je dois aller chercher le courrier à Gabès et téléphoner au bureau de consultants pour savoir s'ils veulent des compléments d'études ou si puis rentrer chez eux la semaine prochaine pour y faire mon rapport. Tu pourrais essayer de camper un peu le décor?

- Je vois que si je te laisse faire, tu t'échappes au moment où le vrai travail est là, et tu laisses les femmes au travail! Connaissant les hommes, je pense que tu veux juste aller te promener un peu pendant que je fais le boulot...

- Bon, Bon! Attends-moi sans rien faire... c'est peut-être cela le rôle de la femme dans la civilisation...

Va-t'en ! Et ne reviens plus!

*

Il revint en fin d'après-midi et Delhia l'accueillit, apparemment très satisfaite d'elle-même.

- Tiens, voilà, ce que cela donne, lui dit-elle en lui tendant un carnet, j'ai dû faire plusieurs essais, mais je pense qu'on est dans le ton.
J'ai d'abord repris, en gros, la citation de Thor Margal, mais j'y ai ajouté une phrase pour baptiser nos deux héros: dans le conte, ils s'appelleront Kris et Diane. Thor finit donc son exhortation en disant:

Kris, n'oublie pas que ton nom est une contraction de Kronos et d'Isis. Kronos le temps, la contrainte structurelle sensible de l'humain, l'étranglement du sablier.
Isis, la déesse terre, la mer, la famille, la fertilité, le sable 1ui-même.
Sable et sablier.
L'aventure est difficile. La connaissance est à ce prix.
Le reste, tout le reste, est l'affaire de Tanit.

- Ensuite, je passe au lendemain et je montre Kris et Diane impatient de passer à la réalisation de leur rite fantastique. Eux, ils n'ont pas peur...

- J'espère bien! s'ils deviennent fous, tu pourras toujours sortir ta gomme et reprendre un peu plus haut, en jouant moins fort, hein?

Delhia sourit:

- Mais oui, tu as raison, je te taquine, c'est tout! Tiens, lis!

Pit ouvrit le carnet et se mit à lire, à haute voix:

" [Kris narrateur/ temps grammaticaux à adapter à l'ensemble:]

Le ciel était sombre et la plage parfaitement paisible sous le clapotis des vaguelettes. Nous allumâmes un petit feu et continuâmes ensemble les préparatifs. Avec la boussole, nous avons d'abord marqué dans le sable les quatre coins cardinaux. Nous les avons matérialisés, en dehors du cercle, par quatre petites pyramides de pierre. C'était fort satisfaisant de faire ce travail ensemble et avec beaucoup de soin.
Ensuite nous avons roulé sur des bouts de bois une grande pierre plate de près d'un mètre que nous avions découverte, à moitié ensablée, juste au bord de la mer. Nous l'avons posée sur deux autres pierres plus petites, pour former un petit dolmen, une pierre de sacrifice, à l'intérieur de cercle.
Épuisés par ce travail, nous nous agenouillâmes face à face, nos quatre mains jointes autour du pieu, Diane à l'Est, moi à l'Ouest.

À ce moment, le feu s'éteignait et la lune se leva. Nous fûmes tous deux inondés d'une grande paix. C'est probablement le plus paisible de mes souvenirs. Sans raison apparente, il n'y avait plus ni peur, ni doute. Tanit semblait nous sourire et ce n'est que sur le chemin du retour que nous réalisâmes que nous avions passé plus d'une heure agenouillés sans effort, le corps au repos et l'esprit parfaitement vide.

Le lendemain pourtant, je fus repris par une sorte d'appréhension. Thor avait bien séparé nos rôles, ne devais-je pas, maintenant, continuer seul, jusqu'à l'entrée en scène de Diane?

Comme elle se sentait confiante et préparée, elle accepta mes arguments et, le soir venu, je partis seul.
La paix de la veille était encore physiquement sensible. À la lumière de ma lampe de poche, je mesurai avec précaution et traçai dans le sable la forme qui devait circonscrire Diane. C'était un losange, avec une pointe à l'Est. La figure entière était disposée de telle façon que le pieu était exactement à l'intersection du cercle et de la grande diagonale.

À peine avais-je terminé de creuser les lignes et de les marquer de petits galets, la lune se leva, fidèle au rendez-vous.
Je reculai de deux pas pour contempler le dessin. Je regardai la lune pour la saluer d'un grand sourire, mais quand mes yeux se reportèrent sur le losange, je fus stupéfait d'y voir nettement la forme adorable de la Vénus paléolithique de Lespugue! "

- Eh, mais c'est très bon ça, Delhia! Où as-tu trouvé l'idée?

Ça, mon cher, ... secret d'auteur! Continue!

"Elle était parfaitement inscrite dans le losange. Sa tête et ses pieds se fondaient quelque peu dans la masse de la plage, mais je voyais distinctement sa poitrine opulente, ses cuisses généreuses et l'image grandiose et un peu effrayante de son sexe pénétré par l'énorme pieu qui semblait très réellement trembler sous la lumière de la lune.

Je m'arrachai à cette vision et j'allai, doucement, me coucher sur le dos, exactement dans sa position, le pieu haut entre les jambes. Je fermai les yeux et cherchai à m'incruster dans le sable, à devenir le sable. Très vite je me sentis tourner autour de l'axe du pieu, dans un mouvement de plus en plus rapide. Je me sentis devenir un cercle lumineux sous la lune, et soudain je partis comme un éclair, en un gigantesque orbe céleste, très loin dans les étoiles.

Là-haut je me mis d'abord à planer doucement, comme un grand oiseau royal. Je voyais la terre entière.

Bientôt, j'ai commencé à tourner sur mon axe, lentement d'abord, freiné par l'énormité de mes ailes, puis de plus en plus vite en ramenant progressivement mes ailes en un fuseau.

Je perdis conscience de tout ce qui n'était pas l'axe. J'étais l'axe. Et à force de tourner à une vitesse folle, je devins un pieu incandescent. Cette image de fer rouge me précipita comme une fusée sur la plage où je pénétrai la Vénus en un coït violent, minéral et brûlant. J'eus l'étrange impression de traverser la déesse.

221

Comme si le pieu, comme si mon sexe, dans sa vitesse et son incandescence, était passé outre la terre elle-même et pendait dans le vide sidéral. J'entrouvris les yeux et je faillis crier de surprise et de frayeur: sous moi la déesse avait pris un visage: le mien!

Une coulée de glace me paralysa le dos. En un éclair de lumière, je compris soudain le sens profond de l'onanisme et de sa condamnation biblique. Ce n'est pas, bien sûr, le simple gaspillage du sperme biologique qui est en cause mais, bien plus sérieusement, la vacuité mortelle de chercher à rejoindre par le sexe l'image de soi-même projetée dans la divinité.
L'homme ne peut pas tomber amoureux de sa muse, car elle n'est que sa part féminine à laquelle il peut parler quand il veut.
Tu ne feras pas l'amour avec les déesses ! Et en retour, naturellement, tu éviteras comme la peste de déifier la femme.
Que t'a-t-elle donc fait pour que tu la désincarnes? "

*

À la fin de sa lecture, Pit était resté silencieux. Un peu hagard, il s'était lentement assis sur un tabouret. Il avait du mal à reprendre sa respiration.

- Mais où as-tu été chercher tout cela? Comment savais-tu? Je n'en savais rien moi-même...

Delhia souriait, presque tendrement.

- Tu sais, on lit un peu aussi dans nos provinces d'Ardenne, le soir, à la veillée, pendant les longues soirées d'hiver.

Et l'on pense de temps en temps... et on essaye des trucs.

Et puis, à défaut des chamans qui ont tous été brûlés il y longtemps déjà, nous avons quelques bons passeurs...

Tu n'as jamais lu les BD de Didier Comès?

- Si, bien sûr! "La Belette", "Silence", "L'ombre du corbeau", "Eva", ...et les autres! Merci Delhia! Tu es formidable!

- XXII - L' homme de sable

Le lendemain, la journée s'étira lentement. Delhia et Pit restèrent de longs moments ensemble, comme un vieux couple, à regarder la mer ou à vaquer à vingt petites tâches domestiques, avec des mouvements précis et en se déplaçant à pas lents.

Ils se dirent beaucoup, mais parlèrent peu. De temps en temps, après un long silence, Pit arrivait à partager une des fortes émotions de la veille, avec des mots sobres en quelques phrases concises. Une grande paix les enveloppait déjà. Leurs gestes et leurs paroles avaient quelque chose de sacramentel.

À tout instant Pit prenait Delhia à témoin. Il découvrait la respiration des moindres choses. Il exultait de comprendre enfin que le fantastique et le magique sont la réalité. Et surtout, grâce à la présence de Delhia, de son amie Delhia, il pouvait dire sa joie, la chanter, la psalmodier. Et il ne s'en privait pas, sur leur petite terrasse qui était comme un donjon face à la mer:

- Tu vois, tout semble aujourd'hui si simple ...

D'abord, je suis un homme de sable. Dieu fit l'homme (à son image, parait-il) dans l'argile. C'est ce qui est écrit dans le livre.Mais, pour moi, peut-être n'avait-il plus de terre à modeler?

Les autres, presque tous les autres, ceux que j'ai rencontrés et ceux que j'imagine, sont vraiment en argile. L'argile a une cohésion merveilleuse: chacune de ses molécules est un mille-feuille dans lequel elle capture des trésors et surtout l'eau, qu'elle y garde prisonnière.

Ainsi ces hommes se sont nourris des cristaux de culture et des perles d'amour de leurs familles, de leurs villages. Eux, pour traverser le désert, ils boivent de l'eau une fois puis vont droit devant eux, comme des Arches d'Alliance, riches de leurs certitudes.

Peut-être n'y avait-il plus d'argile pour moi. Carence momentanée en période de guerre, période d'incohérence des familles séparées et des cultures silencieuses. Mais je préfère penser que, de temps en temps, Dieu fait un Homme de sable. Il faut essayer de le comprendre: le moindre grand sorcier fait des figures d'argile. De simples artisans en font même des copies, en série! Parfois, Dieu sent dans sa nuque les sourires des chamans, un peu moqueurs. Alors il arrête le travail en série et, pour son seul plaisir, pour exercer sa créativité, il souffle un homme de sable.

Le sable, c'est fluide: ses grains n'ont pas de cohésion, sa forme varie au gré du vent et des vagues. Stérile ou fertile, l'eau le traverse en un instant. Pour vivre, l'homme de sable doit rester humide, continuellement traversé par le flux baptismal. Il ne garde des riches cristaux de rencontre que l'ombre du souvenir. Il ne vit qu'en étant le transit des forces de vie qui l'entourent.

Ainsi, je ne suis qu'un homme de sable. J'ai toujours eu cette soif, soif d'eau, soif de vie, soif d'échange avec la terre autour de moi, soif d'être plus. Mais le sable doit craindre les flots: l'eau lui donne une cohésion éphémère, mais le torrent l'efface comme un crachat de boue.

Ainsi parfois, tu le sais, j'ai trop bu d'eau, de vin, d'émotions frelatées. Et j'ai failli rester prisonnier d'un manège au reflet bleu électrique tenu par des démons sadiques ou par les bourreaux de la baignoire d'angoisse. Comme tous les sables trop irrigués mes maigres cristaux s'étaient dissous. Hier encore, le sel me faisait une croûte sur la peau. Aujourd'hui elle est tombée, mais il me reste, aux mains et sur les épaules, des traces de brûlures mal cicatrisées et à jamais trop sensibles. J'apprends enfin à seulement humecter ma substance, à fuir la force destructrice des vagues trop puissantes. J'apprends à n'être qu'un passage pour les richesses du monde dont je ne puis posséder aucune, mais qui toutes me visitent un jour ou l'autre, à l'improviste.
Lentement je deviens un canal, un lieu de rencontres, un petit écueil non répertorié, qui écrit le chant de l'océan en des versets d'écume qui courent sur les vagues.

*

Et tu sais, Delhia, c'est merveilleux d'être enfin capable de sentir la surface des choses, de les toucher réellement. Marcher, par exemple, quelle jouissance lorsque chaque pas est une caresse consciente à la terre et non plus une fuite glissée à un empan du sol! Et au bout de cela, déjà je sens l'action.

Demain je t'invite à goûter l'eau salée du Ténéré. Et ensuite nous irons planter un arbre, au milieu du désert. Parce que dix mille kilomètres carrés de vastitude seront bien suffisants pour tous les hommes qui cherchent l'innommable.

Et ça nous en laisse neuf millions et neuf cent quatre-vingt-dix mille où les enfants aimeraient jouer, parmi les chèvres qui paissent, les palmiers dattiers, les champs de mil et la bonne odeur du feu qui cuit la bouillie.

D'année en année le désert se durcit. Les familles s'exilent et s'entassent dans des villes où elles sont étrangères. Dans le désert abandonné, il ne reste que Dieu. Mais il y est libre et seul sur une page blanche.

Au début fut la Parole. Avant l'Être est la Pensée. Et la pensée qui s'exprime peut construire des cités, peut remodeler le monde. Alors viens, et plantons cet arbre au milieu du désert.

Et j'en appelle aux humains pour que ce soit le premier d'une grande oasis. Une partie de la terre se sent abandonnée, inutilisée. Elle gronde et se venge en débordant de partout sur nos pâturages. Il faut la réapprivoiser, il faut la conquérir. Après-demain, derrière la dune, il y aura trente arbres et une maison. Les gens y viendront de partout et là, seuls, face à la page blanche, ils laisseront souffler l'esprit. Et de leurs lèvres tomberont mille et une solutions créatives pour reconquérir la tolérance, puis l'amour, de cette face perdue de la terre.

- XXIII - Le Hadj

Viens, maintenant. Je t'emmène en promenade.

Tu vois, la vie dans le désert est pleine de fantastique. Mais c'est une fournaise où il est difficile de rester détendu, à juste regarder.

Si ton corps est assez aguerri pour supporter sans impatience la coulée d'acier fondu que déverse le soleil, reste là, seule, à observer.

Le sable, les rocs, les quelques touffes d'alfa desséchées, tout semble pétrifié, mort. Comme un point final, un aboutissement immobile, après que toutes les énergies se soient épuisées, l'une contre l'autre.

Mais soudain tu as l'impression de voir bouger quelque chose, qui disparaît aussi tôt. Comme une âme qui frisonne de froid, ou de fièvre. Puis plus rien.

Puis, une courte et brûlante éternité plus tard, c'est là de nouveau. Un impossible petit tourbillon éthéré sur lequel s'appuie l'ombre d'un souffle de sable impalpable.
Improbable début de déséquilibre dans un univers que tu croyais mort. Une pierre peut-être plus plate ou plus foncée, qui est devenue un rien plus chaude? Ou peut-être ton ombre, ta respiration, ou ta pensée seulement?
Quelque chose a amorcé une petite spirale, puis une autre, et tu vois à peine, l'espace d'un instant, un peu de sable qui volute et disparaît. Comme si un nain derviche ou une

danseuse invisible accrochait un moment 1'extrémité de ses voiles à l'incandescence des particules de l'air. Et bientôt ces petits tourbillons font comme une ronde. Et brusquement l'un d'entre eux se met à gonfler, gonfler,... et c'est un énorme Djinn qui sort d'une Rose des sables. Et dans le ricanement asthmatique du vent, il grimpe, il monte en un tourbillon de tempête, un ouragan de silice.

Tu ne vois plus rien et c'est toute la terre qui se soulève et t'entraîne dans les nues, ou qui s'effondre en elle-même, je n'en sais rien.

À partir de là ta seule chance est de te replier sur toi-même. Tu ralentis ta respiration, tu déconnectes tous tes sens des alarmes extérieures. Surtout tu t'arrêtes de penser. Car si tu penses tu connaîtras la peur et tu voudras agir, ou au moins réagir. Et alors ce serait la mort presque immédiate, les yeux brûlés, la trachée inondée de sable.

Ne pense pas. Concentre-toi, en contemplation de cette petite flamme de vie que, de ton corps, tu protèges de la tornade. Bientôt, ton cœur lui-même ralentit. Tu t'enkystes comme un grain de pollen prêt à laisser passer trois glaciations. Regarde bien: cette petite flamme, c'est Toi, c'est la Vie, c'est ce que certains appellent Dieu!

Et après un temps sans mesure, la tempête de sable semble se calmer. Tu reprends conscience de ce qui t'entoure. Et tu crains, infiniment, que ça ne recommence.
Et chaque fois que tu le crains, chaque fois la tempête se réveille. Comme si ta pensée même l'initiait.

Avant d'ouvrir les yeux, tu écoutes. Le Vent s'est tu. Et tu entends distinctement les grains de sable tomber. En touchant le sol, chaque grain fait un petit crissement minéral.

Mais dans l'azur nettoyé, chaque grain qui tombe laisse, en creux, une note de cristal. Et le dernier grain de sable rejoint la dune:

" Clinng........ .... tic."

Quand tu reviens de ce voyage, tu n'es plus jamais le même. Tu es vraiment "Hadj" : celui qui a fait LE voyage. Le Sage. Et parfois je me plais à penser que dans la tradition d'avant Mohammed, avant même les antiques dévotions à la Khabah, la pierre noire de La Mecque, les peuples du désert connaissaient déjà le sens de ce voyage. Comme dans toute religion qui se corrompt au contact du matériel, les clercs en ont fait une série de rites et de génuflexions dont souvent le sens disparaît. Mais à l'origine c'est probablement l'expérience de cette descente aux enfers et en soi-même qui faisait les vrais *Hadjis*...

Viens maintenant, marchons un peu.

Je vais tenter de te montrer le petit scorpion vert du désert, "Narcissus Scorpio", celui qui a si peur de son ombre qu'il en est pétrifié, et qu'il ne dispose donc que de midi moins cinq à midi cinq, tous les jours, pour trouver sa nourriture.

Mais de toute la nuit pour la manger...!

FIN

L'auteur

Dès son premier contact avec l'Afrique équatoriale, en 1970, Louis Boël, alors jeune ingénieur agronome du développement en pays tropicaux, a vite réalisé que si nous désirons comprendre (un peu) une autre culture, il serait bien de l'approcher sur la pointe des pieds, avec un respect et un étonnement admiratif, comme lorsque, enfants nous découvrions pour la première fois des paysages inconnus : la mer, le désert, la montagne, le marécage, la forêt vierge, le bocage.

La seule manière d'apprendre l'Autre et de tenter de comprendre sa culture, c'est travailler avec lui afin de participer à l'œuvre de cette culture.

Au long de quarante ans de projets, de travail et d'études, dans plus de soixante pays, il a ainsi accumulé notes, souvenirs et réflexions. Il en a tiré un grand respect de l'anthropologie et quelques principes qui, imperceptiblement, l'ont amené à voir dans la diversité culturelle une opportunité de ressourcement pour notre humanisme. Il soutient donc la promotion de tous les métissages culturels qui ouvrent l'humanité à plus de liberté, plus de dignité, plus de créativité, et il prône un changement radical des valeurs de notre société.

Du même Auteur:

SORTIR de la CRISE par le HAUT, 2012 - Éditions de La Hutte, Collection Essais.

Existe aussi en e-Book

LE NEVEU de RABELAIS - Quête et errance de Lama Vigotzé, le moine Bouthanais qui aurait aimé être le neveu de Rabelais - Éditions Claudio Candido. Collection Itinéraires Nomades.

Existe aussi en e-Book.

Avec Françoise Falaise:

C'EST L'AUTRE qui fait NOTRE LIBERTÉ - Carnets Nomades 2004-2013. Notes, Réflexions, Philosophie du quotidien -Éditions Claudio Candido. Collection Métamorphose Sociétale.

Existe aussi en e-Book.

Les *ÉDITIONS CLAUDIO CANDIDO:*

Dans l'esprit de la philosophie de Thierry CROUZET que nous partageons et qu'il développe élégamment dans son livre *L'Alternative Nomade,* et dans la continuité de ses travaux pour encourager une édition libre, caractérisée par une structure horizontale hétérarchique, afin de remettre l'auteur et ses lecteurs au coeur de l'Écriture et les sortir du carcan commercial, les *ÉDITIONS CLAUDIO CANDIDO* sont une société coopérative d'édition numérique, en cours de constitution (légalisation prévue deuxième trimestre 2014)

On y trouve des essais sur la "*Métamorphose Sociétale*": ouvrages sur les aspects sociaux, économiques et politiques des changements de paradigmes en cours, ainsi qu'une collection *"Itinéraires Nomades"* qui regroupera, sous des approches romanesques, poétiques, théâtrales, artistiques ou biographiques, des ouvrages sur "l'épanouissement" personnel en quête de dignité humaine par la liberté.

Tous les livres publiés en Numérique (eBook) par les *ÉDITIONS CLAUDIO CANDIDO* peuvent aussi être obtenus en version papier (Print On Demand - POD) au prix le plus bas du marché. Renseignement chez l'éditeur:

editionsclaudiocandido@gmail.com

TABLE DES MATIÈRES

EAN: 9782954581316

© Éditions Claudio Candido & Louis Boël

Imprimé en 2013 par CreateSpace,
une société du groupe Amazon.com

Disponible aussi en Édition numérique.

Pour tout renseignement:
editionsclaudiocandido@gmail.com

Notes personnelles